Lydia Flem est écrivain, psychanalyste et photographe. Membre de l'Académie royale de Belgique, elle est l'auteur de livres traduits dans une quinzaine de langues.

Lydia Flem

LETTRES D'AMOUR EN HÉRITAGE

Éditions du Seuil

Cet ouvrage a été publié dans la collection
« La Librairie du XXIe siècle »
dirigée par Maurice Olender

TEXTE INTÉGRAL

ISBN 978-2-7578-3356-8
(ISBN 2-02-090901-4, 1re publication)

Après le deuil

Je n'avais pas mis de point final à ma dernière phrase.

Mon chagrin était encore trop vif, la perte trop écrasante. Je ne pouvais pas imaginer que ma peine se ferait petit à petit moins violente, qu'elle deviendrait une compagne apaisée, assourdie, faite de souvenirs et d'évocations réconfortantes. Le deuil n'était pas clos. J'en étais encore prisonnière.

Il me fallait du temps pour découvrir que l'absence des disparus, imperceptiblement moins aiguë, moins obsédante, se changerait, jour après jour, en une présence amie, emplie de tendresse et d'une mélancolie bienheureuse. La perte donnait naissance à un lien nouveau, inédit, unique, encapsulé, à l'abri de la réalité quotidienne. Il me semblait que mes parents disparus se fondaient en moi. Je les abritais, ils m'emplissaient. J'évoquais leurs manières d'être, leurs gestes, leurs paroles, je jouais avec l'idée que, s'ils étaient encore là, ils diraient ceci ou cela, réagiraient comme ci ou comme ça. Je dialoguais avec eux. Je les faisais miens. Ils ne pouvaient plus démentir ce que je pensais d'eux. Une sorte d'aura idéalisée les entourait. Rien ne venait plus contredire mes sentiments à leur égard. Ils se coulaient en moi. Parmi toutes leurs facettes, je choisissais celles qui me convenaient, je les embellissais, j'immobilisais les meilleurs souvenirs, les moments les plus drôles, les plus affectueux, les plus riches d'émotions.

Il m'arrivait, bien sûr, de m'en plaindre, de m'emporter, j'étais alors pleine de colère et de rancune, mais, le plus souvent, la tendresse reprenait le dessus. Je me surprenais à imiter leurs intonations ou leur gestuelle, à prononcer les mots qu'ils auraient prononcés, à répéter des anecdotes qui me confortaient dans l'idée que je me faisais d'eux. Ils venaient hanter mes nuits. Rêver d'eux me donnait de la force, un sentiment d'entente secrète, une complicité nocturne qui débordait sur les journées. Ils revenaient au cœur de mon intimité, présents selon des formes qui me devaient tout. J'avais impunément raison, je pouvais leur donner tort, les modeler selon mon bon vouloir. Je les recréais à ma façon, ils étaient des créatures dociles et consentantes. Ils m'appartenaient.

Que devient le deuil, après le deuil ? Comment vivons-nous avec nos morts ? Comment nommer ce nouvel état du chagrin ? Est-ce encore le deuil ou faut-il l'appeler autrement ? Le temps passe, le grand deuil – comme on disait autrefois – s'efface, le demi-deuil s'éteint lui aussi. Que reste-t-il ? Une peine, tantôt plus vive – à certaines dates, aux anniversaires, aux fêtes, soudain, à l'écoute d'une musique, d'une chanson, ou sans raison, par une sourde association –, tantôt plus douce, les yeux s'embuent, un pincement serre le cœur, la gorge, l'estomac, une peine mêlée de précieuses réminiscences nous étreint. Il n'est pas sûr que leur mort soit acceptée mais l'habitude en est prise, avec des moments de révolte – pourquoi n'est-il plus là, pourquoi a-t-elle disparu ? Se peut-il qu'ils aient réellement perdu la vie ? Comment puis-je vivre sans eux ?

J'avais vidé la maison de mes parents. J'étais venue à bout de cette tâche immense et éprouvante. Pourquoi avais-je conservé certains objets, en avais-je donné ou jeté d'autres ? Mes choix avaient été forcément arbitraires, j'avais pourtant peu de regrets, quelques incertitudes. Où se trouvait le petit serpent de bois vert et jaune, nommé Blako, fabriqué par mon père pour ma mère, son porte-bonheur, où étaient les assiettes de fête, la fine main en plastique blanc au bout d'un long manche pour se gratter le dos, le traducteur électronique ? Aurais-je dû conserver les vases des années cinquante et les trois fauteuils scandinaves aux formes enveloppantes ? Quelquefois ma fille se plaignait que certains objets avaient disparu. Plus moyen de se souvenir ce qu'ils étaient devenus. Les jeux et jouets que ses grands-parents avaient chez eux, pour elle, étaient, en revanche, soigneusement rangés dans des cartons : peluches, livres, cassettes vidéo, sa petite enfance restait disponible.

Des milliers d'objets avaient été jetés, vendus, donnés ; demeuraient les objets conservés. Parmi ceux-ci émergeaient de petites choses singulières, devenues très précieuses, porteuses de l'ombre des morts. Ainsi avais-je gardé le couple de mariés en bois qui surmontait le gâteau de mariage de mes parents. Il se pouvait qu'eux-mêmes eussent oublié qu'ils l'avaient conservé dans une cave parmi des centaines d'objets quelconques, peut-être même ne l'avaient-ils plus jamais regardé depuis leur mariage, mais ce petit objet s'était distingué de la foule des choses qui l'entouraient et portait désormais une charge affective unique. Il était venu se ranger dans ma bibliothèque avec quelques-uns de leurs livres et de leurs photos. La petite dame tout en blanc et le petit monsieur en habit noir se donnaient pour toujours le bras, solennels et souriants. Un autre objet avait trouvé sa place parmi mes souvenirs les plus chers : un dessin que j'avais fait de mon père, à l'âge de quatre ans. C'était un portrait que je trouvais très ressemblant, principalement à cause des lunettes. Mon père devenait ce petit bonhomme malhabile et malicieux, vu par les yeux d'un tout petit enfant, pour qui l'amour est encore un élan inconditionnel.

Dans une grande boîte, j'avais assemblé mes trésors : l'harmonica de mon père, le foulard aux personnages de Peynet de ma mère, les cintres recouverts au crochet par mon arrière-grand-mère, une boîte de tabac scaferlati rouge, les étiquettes « Take it easy » du transat de plage démontable que mes parents avaient inventé et dessiné à deux, puis tenté, en vain, de commercialiser… Dans une armoire vitrée, j'avais déposé les petits ciseaux en argent à couper le raisin près d'une photo encadrée de mon père, beau jeune homme aux yeux brillants et aux pommettes slaves, posant devant un bâtiment que j'imaginais, sans preuves, à Marienbad (je découvris plus tard qu'il s'agissait en réalité de Montreux). Une autre photo lui faisait pendant, celle où l'on me voyait, âgée d'un an et demi environ, avec un visage chiffonné et des mouvements de révolte, cherchant à échapper aux bras de ma mère. J'aimais cette petite image de moi, vigoureuse et têtue.

Entre-temps, j'avais déménagé, fait le vide dans ma propre maison, trié, jeté, donné, vendu mes propres objets, puis emballé des dizaines de boîtes et de cartons, rangé soigneusement mes archives et essayé de ne garder que l'essentiel. Le superflu, l'obsolète, le dérisoire, le double emploi étaient immanquablement éliminés. Une nouvelle vie pouvait commencer. Je n'achetais plus rien au hasard. Je réfléchissais à deux fois avant d'introduire quelque chose de neuf chez moi. Chaque objet se devait d'avoir une valeur affective ou d'utilité. Il ne fallait rien accumuler en vain. J'avais peur de reproduire l'amoncellement décourageant de mes parents. Je voulais laisser derrière moi un nombre limité de choses. Mais je me faisais sûrement des illusions : on ne protège pas ses enfants du deuil de leurs parents. On peut peut-être en amadouer les contenus et les formes, tenter de limiter l'incohérence, et encore…

Certains objets familiers de mes parents habitaient ma vie désormais. Leur présence discrète se répandait un peu partout dans la maison. J'avais rangé une partie de leur vaisselle avec la mienne. Je buvais parfois dans leurs verres, disposais des fleurs dans leurs vases. J'avais mêlé leurs livres aux miens. Je portais des foulards de ma mère, parfois ses gants, lorsqu'ils étaient à ma taille, timidement ses bijoux. Sa collection de flacons décorait ma salle de bains. Sur mes murs, je regardais quelques-uns de leurs tableaux. Mon enfance résonnait dans mon âge adulte.

Je retrouvais les photos de jadis parmi leurs albums et leurs boîtes de photographies. Mon vieil ours en peluche avec un œil perdu refit surface. Un petit bibelot insignifiant mais charmant, une enfant en céramique au visage asiatique, les bras ouverts, qui me faisait rêver lorsque j'étais petite, trouva sa place sur une étagère. Une machine à coudre miniature, en état de marche, avec laquelle j'imitais ma mère cousant, vint se poser sur un coin de bibliothèque. Des boîtes en plastique multicolores, typiques des années soixante-dix, se remplirent de menus objets dans ma chambre. Tous les âges du passé se mélangeaient au présent.

Mais, parmi tous les souvenirs qui me restaient de mes parents, ceux qui occupaient une place unique, les plus fragiles peut-être, se trouvaient dans trois boîtes découvertes dans leur grenier. Trois boîtes en carton que j'avais emportées chez moi sans les ouvrir. Je savais qu'elles contenaient la correspondance amoureuse que mes parents avaient échangée pendant trois ans, entre leur rencontre fin septembre 1946 et leur mariage le 1er décembre 1949. Fallait-il les jeter sans les regarder ou bien les lire? Était-ce indiscret, ou même incestueux?

Je laissai passer de longs mois avant de me décider à ouvrir les boîtes et à commencer ma lecture. Un an et demi s'écoula après le décès de ma mère, trois ans et demi après celui de mon père. Mes parents reposaient en moi avec une certaine douceur. Je rêvais beaucoup d'eux. Ils étaient réunis dans mes songes. Je me sentais capable de faire connaissance avec les jeunes gens qu'ils avaient été avant ma naissance. J'étais curieuse de comprendre comment leur couple s'était formé. J'avais envie de savoir de quelle histoire j'étais née. J'étais prête à lire une histoire qui n'était pas encore la mienne, même si elle allait le devenir. Comme si j'existais déjà avant ma naissance ou comme si j'inventais cette existence imaginaire…

Une machine à remonter le temps

Leurs lettres d'amour étaient posées devant moi, intactes, soigneusement numérotées, pour la moitié d'entre elles, serrées dans trois boîtes en carton. Sur l'avant de celles-ci, il était noté : « Correspondance Pieps & Paps ».

L'encre et le papier paraissaient contemporains, seuls les timbres, le cachet de la poste et la date signaient leur âge. Les plis, qui avaient enfermé la mémoire de leurs gestes, restaient peu marqués. Les lettres avaient été ouvertes sans brusquerie, à peine blessées. Parfois même l'enveloppe se détachait avec une certaine résistance comme si on la décachetait pour la première fois. L'odeur était à peine perceptible, la calligraphie moderne. Leurs écritures étaient pareilles à celles que j'avais connues. Celle de mon père m'était toujours apparue joyeuse, semblable à de la laine détricotée, celle de ma mère énergique et volontaire. Le temps n'avait pas marqué leurs lettres. Elles étaient aussi vivantes et vibrantes qu'un amour neuf. Près de soixante ans s'étaient écoulés depuis leur rencontre. Ils s'étaient promis de relire leur correspondance amoureuse dans leurs vieux jours, ils ne l'avaient jamais fait.

C'était à moi qu'il revenait de déplier délicatement leurs lettres, de les lire la gorge serrée. Par gêne, j'avais mis du temps avant d'oser les prendre en main, les ouvrir. Qui est-ce que je protégeais ? Était-ce eux, était-ce moi ? Je ne me sentais pas encore prête à les rencontrer dans une période de leur vie antérieure à ma naissance. Que se passerait-il si je ne les retrouvais pas semblables aux images que j'en conservais, s'ils me décevaient ? N'allais-je pas découvrir des sentiments trop intimes ? Étais-je autorisée à savoir, lettre après lettre, comment ils s'étaient rencontrés et aimés ?

Un jour, au cours de l'automne 2004, j'eus non pas envie, mais besoin, de prendre connaissance de leur correspondance. C'était une manière très concrète d'entrer à nouveau en relation avec eux, de les toucher, en quelque sorte, en effleurant les enveloppes et les feuilles de papier sur lesquelles ils avaient écrit l'un et l'autre. Je ne me sentais plus du tout indiscrète. Au contraire, je pensais qu'ils auraient été heureux de savoir que je lisais leur courrier. Ils étaient fiers de ces centaines de pages manuscrites. Ils les avaient gardées comme un trésor. Elles reflétaient l'épopée héroïque de leur rencontre, des trois années de lutte contre la maladie qui avaient précédé la réalisation de leur rêve, vivre ensemble ; trois années de lutte contre la maladie précédées par cinq ans de lutte contre la guerre.

Ce que j'y découvrais, ce n'était pas seulement une histoire d'amour, pas seulement la naissance d'un couple qui vécut plus de cinquante ans ensemble, mais quelque chose d'une cosmogonie, d'une histoire fondatrice, d'un miroir où chacun voudrait se reconnaître : le désir d'être né de l'amour.

Comment s'étaient-ils rencontrés ? Qu'est-ce qui les avait attirés l'un vers l'autre ? Qu'avaient-ils inventé ensemble ? Quels liens avaient-ils tissés, quelle place m'y avaient-ils laissée ?

C'était bien évidemment étrange de découvrir mes parents à travers les lettres de ces deux jeunes gens qui n'étaient pas mes parents encore, seulement un garçon de vingt-trois ans et une fille de vingt-cinq, à l'aube de leur vie, déjà lourds de malheur mais tournés vers l'espoir d'une vie plus douce, ensemble.

Leur correspondance devenait une *machine à remonter le temps*, une possibilité de se faufiler dans leur passé, de s'y faire le témoin ému des mouvements de leurs cœurs. Avais-je le droit d'entrer dans leur histoire, dans cette histoire qui précédait mon existence ?

Bien sûr, les circonstances de leur rencontre et ses péripéties ne m'étaient pas inconnues. Au fil de mon enfance, ils avaient évoqué ces moments qui leur étaient chers, ils m'avaient raconté certains souvenirs.

Deux images emblématiques de leur rencontre revenaient toujours. Le jour où mon père entra pour la première fois dans la chambre du sanatorium où ma mère était soignée pour une très grave tuberculose, une grande cocarde bleu-blanc-rouge était nouée à son lit de malade. Ma mère était d'emblée « la Française », parée de tous les fantasmes de la culture, de la langue, de l'élégance, du charme, et d'un patriotisme qui surprit le jeune Russe exilé. Quelques jours plus tard, Boris traversa le village, grimpa jusqu'au Grand Hôtel, situé dans le haut de Leysin, à l'orée de la forêt, une coupe de verre à la main, pour apporter à cette jeune fille alitée ce qu'elle aimait par-dessus tout : de la crème glacée. L'image de mon père ne prononçant aucun mot inutile et s'exprimant par la gentillesse d'une action inattendue et attentionnée est conforme à ce que j'ai connu de lui : il préférait toujours le geste à la parole. Ma mère était un personnage plus flamboyant, plus excessif. Mon père, un être tendre, secret, blessé.

Face à face, Jacqueline et Boris : l'une veut que sa vie, malgré la maladie, soit faite d'éblouissements, l'autre est prêt à braver les lois de la physique et à courir offrir une glace avant qu'elle ne fonde, pour le bonheur de faire plaisir et de se faire aimer.

Est-ce que j'embellis le scénario ? Est-ce que je me console de leur perte par ces images idéalisées ? Cela se peut, mais n'est-ce pas un des mouvements du deuil ? Embellir ses parents, les parer de qualités au point d'oublier leurs défauts. Pourra-t-on jamais complètement accepter qu'ils soient morts ? Définitivement morts ? Ne garde-t-on pas au fond de soi la pensée magique que la mort est réversible ? Comment ne pas espérer les retrouver, ne fût-ce qu'un millième de millième de seconde ? Comment ne pas souhaiter une apparition, un signe ?

Bien sûr, il n'est pas interdit de rêver, même la journée. Les regarder en photographies, en films. S'entourer de leurs objets, parler d'eux avec des proches, avec nos propres enfants. Écouter la musique qu'ils aimaient… Tout est bon pour évoquer leurs souvenirs et atténuer – ou raviver ? – le chagrin. Se console-t-on jamais de leur disparition ? Non, on vit avec une blessure qui ne se ferme pas complètement, une cicatrice imparfaite. Le deuil de nos parents ne ressemble à aucune autre perte. C'est un morceau de nous-même que nous perdons, cette part de soi qui, le temps passant, devient de plus en plus précieuse : les années d'enfance.

Leurs lettres d'amour me paraissaient soudain comme une manière unique, extraordinairement proche et vivante, de retrouver un peu de leurs présences. Leurs lettres, dans leur matérialité même, portaient non seulement les gestes de leurs écritures mais leurs voix, leurs pensées, quelque chose comme l'essence secrète de leur être.

J'avais vidé leur maison, j'avais écrit un livre pour raconter la violence de cette épreuve, le deuil cheminait en moi depuis de longs mois, ils me manquaient toujours ; je cherchais à les atteindre. Lire leurs lettres d'amour, c'était m'approcher d'eux. J'allais les accompagner, suivre les méandres de leur histoire, découvrir quels jeunes gens ils avaient été, quelles marques leur avaient laissées la guerre et la disparition de leurs proches, quels étaient leurs goûts, leurs lectures, leurs rêves, comment ils s'étaient approchés l'un de l'autre jusqu'à décider d'unir leurs vies. Je ne cherchais aucun secret caché dans leurs échanges épistolaires, seulement une forme de présence.

Peut-être allais-je pouvoir apprivoiser leur disparition.

Love letters

Je déposai les trois boîtes sur mon bureau. J'ouvris les lettres une à une, d'abord la première de mon père, puis celle de ma mère, la deuxième de mon père, à nouveau celle de ma mère… L'émotion était forte. Sur un petit rectangle de papier reposaient tant de sentiments, de vie, de passé, de présence.

Par pudeur, peut-être, je me mis à recopier les lettres sur l'ordinateur. C'était un travail extrêmement lent. J'y passais des heures et des heures, des après-midi entiers, au fil des jours qui déclinaient. La nuit tombait de plus en plus tôt, j'étais mélancolique. Je sentais mes parents tout près de moi et terriblement absents en même temps. Novembre, décembre, janvier. Je continuais patiemment à transcrire leur correspondance, leur curieuse rencontre par lettres interposées. Ils s'étaient à peine vus trois, quatre fois, à Leysin, en Suisse, avant d'être séparés par mille kilomètres ; ils continuèrent à échanger en s'écrivant, lettre après lettre, pendant plus de trois ans. Ainsi firent-ils connaissance, se découvrant, s'appréciant, se faisant confiance, se déclarant leur amour, luttant contre la maladie comme si elle était une nouvelle guerre, avant de se marier, puis d'être séparés à nouveau pour quelques mois.

Je recopiais lentement leur échange de lettres. Il me semblait qu'ils m'avaient confié, au-delà de la mort, une mission très précieuse. Je l'exécutais dans une sorte de recueillement. Mais je m'interrogeais. N'allais-je pas lire des choses qui devaient me rester inconnues, secrètes ? N'était-ce pas interdit aux enfants de se tourner vers cette pré-histoire, d'oser voler l'intimité amoureuse des parents ? Malgré toutes mes interrogations, les silences gênés de quelques amis quand je leur fis part de mon projet, je poursuivis ma tâche. Je prenais chaque lettre en main et la recopiais sans plus réfléchir. Mot à mot, je transcrivais chaque page. Certaines lettres en contenaient six ou huit, d'autres seulement quatre. Elles étaient rarement plus brèves. Repliant l'une d'entre elles, je me demandais quelle réponse serait donnée dans la suivante, comment réagirait mon père à la missive de ma mère ou réciproquement. De lettre en lettre, j'étais tenue en haleine. Leurs émois devenaient les miens, leurs peines les miennes. Je vibrais avec mon père, je vibrais avec ma mère. Je me demandai soudain comment étaient mes propres lettres d'amour. Ne devais-je pas les relire ? Comment commence tout amour ? L'histoire de mes parents était-elle singulière ou ressemblait-elle à toutes les histoires d'amour ? Était-elle fortement marquée par l'histoire des années quarante ? Et la mienne par celle des années quatre-vingt ?

Je poursuivais ma tâche mot à mot avec une patience sans faille. Bach, Mozart et Schubert m'accompagnaient presque religieusement. Mes parents n'étaient ni poètes, ni écrivains, ce n'étaient ni des artistes, ni des scientifiques, ils n'avaient eu aucun rôle politique ou militant, ils étaient les témoins anonymes de leur temps, victimes – et acteurs – de leur époque de chaos et d'horreur. Leur correspondance pourrait-elle intéresser quelqu'un d'autre que moi ? Était-elle autre chose que des archives destinées à rester privées ?

Je voulais savoir. Je m'en donnai la permission.

N'étais-je pas née de cette correspondance, de cette double écriture ?

Rencontre

La première carte

La première carte, datée du mardi 8 octobre 1946, écrite à l'encre bleue, était adressée à Mademoiselle Jacqueline Esser, chambre 141 au sanatorium Grand Hôtel à Leysin, en Suisse.

« Chère Jacqueline, Me voilà à Milan. Dans l'Orient Express, il n'y avait plus de place, mais mon ami et moi sommes arrivés intacts. Le temps est magnifique, les prix sont inimaginablement bon marché. Ce soir nous allons au théâtre, demain nous ferons des achats. La prochaine carte, je vous l'enverrai de la Ville Éternelle. » Signé : « Bien à vous, Boris. »

Promesse tenue, trois jours plus tard. « À sept cents kilomètres au sud de Milan, je ne vous ai pas encore oubliée ! Le voyage était très fatigant, mais ces seize heures de train valent bien la Ville Éternelle… Il y a tellement de belles choses à voir et trop peu de temps. À Florence, je penserai de nouveau à vous. »

Cinq cartes postales de Boris Flem à Jacqueline Esser : le Dôme de Milan, l'arc de Titus à Rome, le Lido de Rome, la place de la Signoria à Florence, la tour Eiffel.

Puis, la première lettre de Boris. Tapée à la machine sur du papier pelure, envoyée le 22 octobre 1946. Une lettre amicale, chaleureuse, pleine de détails amusants, concrets sur son voyage. Jacqueline l'avait sûrement taquiné sur ses manières bourgeoises, car il lui répondit qu'en huit jours il n'avait pas porté une seule fois la cravate. Il lui fait part de la tentation qu'il a eue, sur le chemin du retour, de s'arrêter pour venir la saluer à Leysin, mais il n'a pas osé. En passant vers vingt-trois heures devant la petite gare d'Aigle, il pense à son séjour dans la station de montagne ; quelques instants plus tard, emporté par le train de nuit, il est déjà à Montreux, puis à Lausanne. Le voyage approchait de sa fin. Il aurait aimé venir un dimanche s'asseoir près de son lit pour lui raconter son voyage en Italie. Il lui promettait une prochaine lettre pour décrire ses aventures parisiennes. Il lui adressait ses sincères amitiés.

Deux jours plus tard, Jacqueline lui répondit dans l'enthousiasme. « Vous dire combien vos cartes et votre lettre m'ont fait plaisir est difficile. C'était une explosion de joie. »

Durant les dix derniers jours, elle attendait chaque distribution de courrier avec impatience. Elle a eu souvent envie de lui écrire, mais n'a pas osé. Comme lui n'est pas remonté la voir. « Quant à moi, je vais déjà un peu mieux. Je me lève tous les matins pendant un quart d'heure, mais je fais toujours encore un peu de température. Je me suis pesée hier et j'ai constaté à mon désespoir que j'avais perdu trois kilos. Il va falloir que je mette les bouchées doubles pour rattraper cela. Mais le moral est excellent et je vis de rêves et d'espoir. Vous souvenez-vous de mon quatrain :

Le bonheur se compte en minutes
Une chaîne de minutes
Et chaque maillon de cette chaîne
C'est le bonheur !

« Eh bien, pour ma part, je cherche à allonger ma chaîne le plus possible. Et, peut-être sans le savoir, vous avez contribué vous aussi à allonger une chaîne. Merci ! »

Tels quels

Voilà, j'avais osé. J'avais lu leurs premières lettres. Le pas était franchi. Je ne savais pas combien de temps je prendrais pour les lire toutes. Je me mis à compter leurs envois. Ils avaient écrit, ensemble, environ sept cent cinquante lettres. Je calculai qu'ils s'étaient échangé deux lettres par semaine pendant trois ans jusqu'à leur mariage le 1er décembre 1949, puis encore pendant plusieurs mois, durant les hivers 1950 et 1951. Au-delà, je n'en ai pas trouvé trace. Ils les avaient numérotées pendant un an et demi. Je remis à plus tard de numéroter la suite. Je n'osais déposer mon écriture auprès de la leur. Je manipulais avec la plus grande précaution chacune des missives, je craignais d'y faire une tache, de les écorner, de les blesser.

J'avançais lentement. Je pliais et dépliais leurs lettres une à une, veillant à ne pas les mélanger. Je les reposais dans leur boîte respective, par ordre chronologique. C'était comme une cérémonie du thé, j'opérais avec lenteur et concentration. Je recopiai fidèlement leurs propos pendant plusieurs mois. Ensuite, je ne transcrivis plus que certains passages des lettres, résumant par quelques mots le restant du contenu, plus quotidien et répétitif : l'attente des lettres, l'échange de petits colis, la vie du sanatorium, les visites médicales, les radioscopies, les concerts auxquels mon père assistait, les expositions, son travail, ses amitiés, l'insupportable solitude qui durait… Je lus une centaine de lettres. J'avais environ deux cent cinquante pages serrées tapées sur l'ordinateur. Je marquai ensuite une pause. Je ne pouvais pas aller au-delà. Quelque chose m'en empêchait. Je devais souffler, laisser reposer, suspendre cette étrange entreprise.

Je pris le temps de réfléchir à ce que je ressentais. Ce qui me surprit le plus dès le début de ma lecture, ce fut de constater que les traits de leurs caractères étaient fort semblables à ce que j'avais connu d'eux. Se pouvait-il que l'on change si peu au fil des années ? À ma naissance, ils n'avaient que trente et vingt-huit ans, alors que mes derniers souvenirs concernaient deux personnes âgées de soixante-dix-sept ans pour mon père, de quatre-vingt-deux ans pour ma mère. Avaient-ils si peu changé ou était-ce moi qui ne relevais que les ressemblances ?

Je reconnaissais dans les lettres de mon père sa timidité, son extrême gentillesse, sa trop grande modestie, sa fantaisie presque enfantine, sa sincérité désarmante, son optimisme têtu, son réalisme et sa fidélité à toute épreuve. Chez ma mère, je retrouvais sa fougue, ses élans abrupts, son enthousiasme, sa franchise proche de l'étourderie, son égale sincérité et son inflexible volonté de vivre.

Mais ce qui me frappa d'emblée, c'était la gravité de l'état de santé de ma mère. Je n'avais jamais mesuré la durée de sa maladie. À peine mariée, elle reprit le chemin des montagnes, encore trop faible pour affronter la vie en ville. Alors que j'étais déjà née, elle allait encore régulièrement en Suisse faire des cures de repos. Je ne sais plus rien de ces séparations. La notion de longue durée des maladies et des convalescences a totalement disparu. Tout se précipite aujourd'hui, même la santé. À l'époque, on confiait au temps – et au bon air des montagnes suisses – une guérison que les médicaments d'alors ne pouvaient pas procurer. Il fallait une infinie patience et beaucoup de volonté. De longs mois, des années durant, elle lutta pour recouvrer une santé perdue à Auschwitz puis au cours de la marche de la mort en janvier 1945. Elle revint de déportation, à l'hôtel Lutetia, à Paris, atteinte d'une grave tuberculose pulmonaire, la peau sur les os, pesant moins lourd qu'un enfant. Après être demeurée plus d'un an entre la vie et la mort, Jacqueline quitta les hôpitaux de Paris pour être envoyée dans un sanatorium à Leysin, où elle arriva, en civière, le 2 juin 1946. Mon père, qui fut prisonnier plus de trois ans dans un camp de travail en Bavière, séjourna également à Leysin, à l'automne 1946, pendant quelques semaines seulement. Il avait été chargé par une connaissance de venir saluer une jeune fille malade, Olga. Dans une chambre voisine demeurait une autre jeune fille, très gravement atteinte, à qui il vint, à la demande d'Olga, faire une visite de politesse : c'est ainsi que Jacqueline et Boris firent connaissance un dimanche de la fin septembre 1946, le 29 septembre.

D'une certaine manière, ma mère ne cessa jamais d'être une enfant. Un malade est toujours à l'écoute de son corps, de ses sensations corporelles, un rien l'inquiète, le tracasse. Tout tourne autour de la maladie – et de la peur de mourir, bien que ma mère eût failli si souvent mourir qu'elle disait ne plus en avoir peur. Elle était au centre de l'attention, la sienne, celle de mon père. Enfant, j'étais chargée de grandir au plus vite, de ne pas peser, de ne pas faire d'« enfantillages ». Ma mère aimait raconter qu'elle n'avait pas eu à m'élever, que je m'étais élevée toute seule. En même temps je fus toujours entourée d'une attention anxieuse, la même sans doute que celle que ma mère – et mon père – portait à chaque symptôme physique. La bonne santé n'allait pas de soi, la force tranquille, le silence des organes n'étaient pas de l'ordre de l'évidence. Mon père, lui, ne souffrit à peu près que de quelques rhumes, d'aigreurs d'estomac et, au pire, de lumbagos. Lorsqu'il mourut, ce fut d'un seul bloc. Ma mère, presque toujours souffrante, avait appris à apprivoiser la douleur. Elle ne quitta pas brutalement la vie, elle s'éteignit en douceur.

Durant toute mon enfance, et bien plus tard encore, la personne dont il fallait sans cesse se préoccuper, c'était ma mère. Elle en devint sans doute égocentrique, pas égoïste, mais autocentrée. Pas par vanité, mais par habitude d'être au centre. Elle avait lutté pour sa survie au camp, elle continua ensuite à lutter pour guérir, mais, une fois guérie, elle ne mit pas son extraordinaire énergie au service d'une cause, d'une idée, d'un travail. Comme si son monde s'était rétréci.

Dans sa jeunesse, avant la guerre, elle avait

été, comme beaucoup de ses camarades, trotskiste. Elle avait fait de la résistance pour barrer la route aux nazis. Mais, après le retour de déportation, elle se trouva coupée de son milieu amical et politique. Jeune mariée fragile, elle se consacra à sa petite famille. Elle ne renoua pas avec son passé. Elle préféra m'en faire le récit. Dans sa bouche, la vie d'avant-guerre avait un parfum de liberté, de conquête, de curiosité intellectuelle presque magique. Elle se consolait en me contant ses années de jadis. Je l'écoutais bouche bée, rêvant de Saint-Germain-des-Prés et du mythique couple de Beauvoir et Sartre. Peut-être m'a-t-elle ainsi transmis son désir secret d'écrire. Mais sans doute a-t-il fallu que je me batte d'abord avec la rêverie et la douceur des contes, que je m'éloigne d'elle, rêveuse hors du monde, de ce cercle doré où elle s'était enfermée, où je me trouvais également captive.

Plus tard, bien plus tard, elle s'en étonna. Ses contes, je les avais faits miens. Seuls existaient les livres, je ne songeais pas au mariage, je le refusais même. Je voulais un couple où l'amitié s'allie à l'amour, la camaraderie intellectuelle à l'érotisme. Vivre ensemble sans papiers, n'était-ce pas affirmer chaque jour la puissance du lien amoureux, sa supériorité sur les conventions, sa victoire sur le quotidien ? Ma mère et moi étions à contretemps. Elle me voyait tout de blanc vêtue, elle voulait devenir grand-mère. Je n'étais pas pressée, elle s'impatientait. À vingt ans, l'idée de l'amour libre lui semblait aller de soi, à cinquante, à soixante, elle avait oublié ses idées d'antan. J'étais fidèle à sa jeunesse, je la trahissais au présent. Elle m'en voulait, moi aussi. Elle s'apaisa à la naissance de ma fille, portait à mon compagnon une adoration sans faille. Il était le fils qu'elle n'avait pas eu. Elle lui pardonnait tout, il était parfait. Elle ne me regarda jamais avec ces yeux-là.

Peut-être suis-je injuste. Elle m'aima, à sa façon, parfois avec tendresse, et même admiration – ce qui me gênait –, parfois avec des reproches plein la bouche. Ses sentiments étaient excessifs, elle ne mâchait pas ses mots, elle marquait sa désapprobation avec éclat, mais son affection aussi, elle n'en était pas chiche. Elle passait rapidement des embrassades au mécontentement. Je n'étais jamais sûre de sa constance. Elle oubliait ses sautes d'humeur, désirait être aimée sans conditions. Mais posait les siennes. A-t-on d'autre choix que d'aimer nos parents tels qu'ils sont ?

Une vieille blessure

Bruxelles, 26 octobre 1946

Chère Jacqueline,

Les lettres que vous m'avez écrites en pensée, oui, je les ai toutes reçues. Je vous ai même répondu. Surtout en traversant la Suisse, au moment où j'étais seul, sans mes amis, vous m'avez accompagné partout. Votre lettre – celle que vous avez écrite – m'a fait tant de bien. Vous me demandez quel accueil on m'a fait chez moi ? Le « chez moi » est une chambre meublée semblable à ses voisines. Le propriétaire n'a qu'un seul souci, celui de recevoir son argent à la fin du mois. J'ai des amis, des gens naturellement très braves, qui ont leurs propres préoccupations. Je ne leur en veux pas. Quelques formules de politesse: « C'était bien ? Tu t'es bien amusé ? »

Je me sens seul. J'ai rendu visite au docteur L. Sa fille Olga va bien, elle retournera à Leysin faire une nouvelle cure d'ici quelques semaines, sans doute. Ils m'avaient invité pour le goûter – un dîner aurait coûté trop cher, je suppose. Vous comprenez maintenant pourquoi votre lettre m'est si précieuse. J'ai besoin d'amitié. Néanmoins je dois au docteur L. de m'avoir invité à rendre visite à sa fille Olga, à Leysin, et ainsi à faire aussi votre connaissance.

Dimanche vers seize heures, je viendrai, en pensée, vous rendre visite, m'asseoir à côté de votre lit et bavarder un peu. Peut-être la radio donnera-t-elle la cinquième symphonie de Beethoven.

Au revoir… Jacqueline, et à bientôt !

Bien vôtre,

Boris.

Leysin, 28 octobre 1946

Cher Boris,

Ma lettre vous a fait plaisir, comme j'en suis heureuse. Je voudrais tant par une amitié sincère pouvoir vous donner un peu de réconfort. Je sais mieux que personne combien on a besoin d'affection dans la vie. Je souffre de son absence, d'autant plus que la vie m'a gâtée à ce point de vue jusqu'à la perte de mon papa chéri. Au camp, j'ai souffert du froid, de la faim, du manque de sommeil, de la vermine, des coups, mais tout cela n'était rien en comparaison de ma souffrance morale. Jamais personne ne m'adressait un sourire, ne me disait un mot gentil, ne me prenait dans les bras pour me consoler comme seul Papa savait le faire. Je fus arrêtée cinq semaines après la mort de mon père et je n'ai pas eu le temps de réaliser toute l'étendue de mon malheur. À Auschwitz, je me suis forgé une armature de dureté. Il fallait être forte pour résister. Car je voulais résister, tout comme j'ai résisté à la mort pendant une année de grave maladie dans les hôpitaux de Paris. Je veux vivre, Vivre, de toutes mes forces, je tends maintenant vers la guérison. Mais il faut à tout être un stimulant dans la vie et je crois qu'il n'y en a pas de meilleur que l'amitié !

Je voudrais meubler votre petite chambre de mes pensées affectueuses et vous, en retour, seriez assis au chevet de mon lit. Ne trouvez-vous pas merveilleux de pouvoir s'épauler ainsi l'un l'autre à distance ?

Bruxelles, 31 octobre 1946

Ma chère petite Jacky,

Vous m'avez fait du mal avec votre lettre. Je sais, ce n'est pas votre faute, vous n'y pouvez rien. C'est une vieille blessure presque fermée, fermée malgré moi, qui s'est rouverte ce matin en lisant votre lettre. J'ai retrouvé une partie de moi-même dans ce que vous écrivez. Comme je vous comprends bien, trop bien, hélas ! Pourquoi ? Oui, c'est dur à raconter, c'est l'histoire la plus pénible de ma petite vie. Une histoire cachée au fond de mon cœur, gardée jalousement car je sais qu'on ne me comprendra pas – sauf vous, peut-être ? Vous êtes plus forte que moi ! Excusez-moi, je n'ai jamais voulu raconter mon histoire à personne, mais je sais que vous allez me comprendre.

En 1925, mon père, ma mère, mon frère

et moi, nous avons quitté la Russie. Mon père fut assassiné à la frontière. C'est Hambourg que nous devions rejoindre, chez une sœur de mon père. En arrivant, l'un de nous quatre manquait, nous étions sans ressources, ma mère devait travailler. Mon frère allait à l'école. J'avais deux ans. On m'a mis dans un home pour enfants à quinze kilomètres de la ville, j'y suis resté pendant cinq ans.

Ma mère venait rarement me rendre visite, elle devait travailler. Une fois par mois seulement, les mères pouvaient rencontrer leurs enfants. La mienne n'avait pas le temps. Je voyais les autres enfants avec leurs mamans, tout heureux : est-ce que la mienne viendrait ?... Non, elle n'était pas là. Pourquoi ? Tout le monde était gai, j'étais seul, dans un coin, oublié ! C'était dur. Pourquoi ?

À sept ans, je suis revenue (*sic*) à Hambourg. Nous avions un petit magasin près du port et l'école se trouvait à trois quarts d'heure de tram de là. Après l'école (les enfants en Allemagne ne vont pas à l'école l'après-midi), je devais aller dans un jardin d'enfants manger, faire les devoirs. À sept heures du soir, je rentrais à la maison. J'avais juste le temps de me coucher. Parler avec ma mère, la regarder, oui, c'était possible le dimanche. Un beau jour, ma mère est tombée malade, elle partit faire une cure de repos. J'étais à nouveau placé en pension, chez une dame, pendant deux ans. En 1932, j'avais donc neuf ans, ma mère liquida le magasin à son retour. Nous sommes restés ensemble jusqu'en 1938. Plus ou moins, car elle travaillait jusqu'à deux ou trois heures de l'après-midi. Malheureusement j'étais trop jeune pour comprendre ce qu'est une maman.

En 1938 nous avons dû quitter l'Allemagne, dans les huit jours. Nous voulions nous établir chez mon frère qui habitait déjà en Hollande depuis 1933. Maman a obtenu le droit de s'y installer, pas moi. Mon cousin Joseph (qui vit maintenant au Canada) habitait à Bruxelles, il accepta de me prendre chez lui. Mais, à la rentrée des classes, il avait décidé de me placer à Charleroi, dans une école professionnelle et technique. Charleroi est à cinquante-quatre kilomètres de Bruxelles, quarante-cinq minutes en train. Quatre mille élèves. Charleroi, ville industrielle, entourée de charbonnages. En général, les élèves étaient des fils d'ouvrier et de mineur. J'étais à l'internat de l'école. La plus grande partie des élèves retournaient chez eux le samedi après-midi et restaient jusqu'au lundi matin à la maison. Qu'ils étaient heureux ! Moi, non, je ne pouvais pas rentrer. Mon cousin avait décidé que je resterais à Charleroi, le week-end, pour apprendre plus rapidement le français. Sans comprendre la langue, sans comprendre la mentalité, oui, c'était dur. Les samedis soir et dimanches tout seul. En semaine, il y avait un garçon avec moi, une connaissance de mon cousin. Je devais le consoler. Et moi ? Je ne pouvais voir ni ma mère, ni mon cousin. À qui dire ses soucis, confier sa peine ? Qui me caresserait, me consolerait ? Je n'avais pas le droit de pleurer. Sauf le soir dans mon lit, en dessous des couvertures. Dites-moi, qu'avais-je fait de mal pour être toujours seul ?

À Pâques, en 1939, je voulais absolument voir ma mère, hélas j'étais sans papiers ! À la frontière hollandaise, on ne m'a pas laissé entrer. Je suis resté en prison là-bas toute la journée ; le soir, on m'a reconduit au train qui devait me ramener en Belgique. Mais aux grandes vacances, en juillet, mes papiers étaient en règle, j'ai enfin vu ma mère pendant quatre semaines. Pourquoi ne l'ai-je pas mieux regardée, pourquoi n'ai-je pas mieux gravé ses traits dans ma mémoire ? Le 5 septembre 1939 j'ai dû la quitter. Oui, pour toujours. C'était la guerre, je devais rentrer en Belgique.

Le 10 mai 1940. La guerre en Hollande, en France et en Belgique. Mon cousin était parti à temps au Canada. Je suis resté chez des parents de mon cousin, mais pas des parents à moi, les R., à Bruxelles. Les Allemands étaient proches. L'exode commençait. On me traitait comme un bon domestique, les autres avaient des lits, je couchais par terre. Nous étions encerclés à quelques kilomètres de Dunkerque avec toutes les armées anglaise, française et le restant des Belges. Vous savez ce qui s'est passé là-bas. Le petit village était composé de mille âmes. Nous étions six mille réfugiés. En quelques jours tout le ravitaillement avait disparu. Il fallait faire la file pendant quatre, cinq heures pour un bout de pain. J'étais chargé de chercher ce bout de pain pour nous tous. Nous étions huit personnes. Je faisais la file, la pluie de bombes et les tirs des mitrailleuses m'étaient déjà familiers. Je n'exagère pas, les balles de mitrailleuse entraient à trois ou quatre centimètres de moi dans le mur. Beaucoup de gens partaient chercher un abri, la file devenait plus petite, j'étais content, je pouvais avoir plus vite mon pain. J'ai cru qu'un jour ma mère serait fière de moi, ce jour n'est pas venu.

Dites-moi pourquoi ?

À notre retour à Bruxelles, j'ai dormi pendant des mois par terre, faute de lit. Les samedis, quand je rentrais à Bruxelles venant de Charleroi (maintenant, on m'autorisait à rentrer le week-end pour apporter du ravitaillement de province), je devais faire la vaisselle, éplucher les pommes de terre, etc. Ce n'était rien, j'ai fait tout cela sans mot dire, mais en récompense je voulais que ma mère me donne un baiser, une caresse, un mot gentil. Non, je ne l'ai pas eu ce mot gentil, ce baiser, cette caresse. Jamais.

En 1942, la Gestapo m'a cherché à Bruxelles. La famille de mon cousin, chez qui je logeais le week-end, a donné mon adresse à Charleroi. Ils auraient eu le temps de me prévenir, mais ils ne l'ont pas fait. J'ai été arrêté et envoyé en Bavière, dans un camp de travail, avec d'autres Russes.

Au camp, j'ai résisté de toutes mes forces, comme vous !

Je ne voulais pas mourir là-bas.

En juillet 1945, j'étais de retour à Bruxelles.

Ma maman n'était plus là. Pourquoi ? J'aurais voulu la revoir. Quelques instants. Une seconde seulement.

Où était-elle morte ? Où était-elle enterrée ? Disparue en fumée comme des millions. À Auschwitz.

Mon frère était en Suisse dans un état pitoyable.

J'habitais de nouveau chez ces gens, les R., qui m'avaient dénoncé.

J'ai regretté d'être revenu d'Allemagne. Pourquoi ne suis-je pas mort là-bas ?

Chère petite Jacky, excusez-moi.

Je parle de ma peine comme vous l'avez fait dans votre lettre. J'ai fait *comme vous, comme toi.*

Comme tu as dû souffrir au camp. Comment as-tu pu résister ? Je t'admire vraiment. Pourquoi n'avons-nous jamais parlé de tout cela à Leysin ?

Bien affectueusement,
ton Boris.

Silence

Tant de chagrins, tant d'humiliations, tant de souffrances. Je n'ai jamais su que l'enfance de mon père avait été si pénible, si solitaire. Il ne me l'avait jamais dit. Il était trop pudique, trop secret. Il a gardé sa peine, l'a enfoncée au plus profond de lui-même. Je comprends mieux pourquoi il se crispait quand je lui posais des questions sur ses jeunes années. Il essayait de trouver les beaux souvenirs, ses parties de patinage sur glace avec ses cousines, Manja, Sonia et Nadja, les bêtises qu'il faisait avec son cousin Manfred. Les grandes fêtes chez la tante Clara. Trente ou quarante couverts, la nappe blanche, les candélabres, les verres de cristal, l'air réjoui des convives, les complicités entre cousins… Il devenait plus bavard lorsque nous étions, nous aussi, les patins aux pieds. J'avais six, sept ans. Il me tenait par la main et me décrivait le port de Hambourg ou les courses de vitesse que son frère gagnait sur les canaux gelés de Hollande, les poissonniers qu'il allait observer sur les quais, les grands bateaux pour l'Amérique…

De sa mère, il ne m'a presque rien confié. De son père, assassiné à la frontière russe par un passeur, en 1925, au moment de quitter l'Union soviétique antisémite, il ne savait rien. Il avait deux ans à peine. N'était-ce pas effrayant de réaliser que les deux parents de mon père, cet homme si doux, étaient morts de mort violente ? Avait-il tenté toute sa vie de s'opposer à tant de violence, de déchirements, par une constante tendresse, une joie de vivre fragile et obstinée ? Il lui fallait sauver sa femme de la mort à défaut d'avoir pu sauver son père, puis sa mère de l'assassinat.

Quand ma fille est née, il ne supportait pas que je consacre beaucoup de temps à mon travail, il se fâchait, voulait que je donne tout mon temps à l'enfant. Je ne savais pas qu'il me chargeait, sans me le dire, d'effacer ses années de pension et d'orphelinat, le manque de sa mère.

Notre histoire ne s'écrit pas sur une feuille blanche ; dès notre conception, nous nous trouvons saisis dans une autre histoire, celle de nos parents, de nos grands-parents, même si nous naissons longtemps après leur mort. Dans la suite des générations, notre place est désignée, nous ne sommes pas libres de nous-mêmes. Nous avons une mission à remplir.

La mienne, aux yeux de mon père, c'était d'être une mère tendre, toujours présente. Trop présente, peut-être. Le trop devait effacer le trop peu. Lui-même fut un merveilleux grand-père, offrant à sa petite-fille ce qu'il aurait aimé recevoir, des câlins, des histoires, des jeux, des chansons, une immense disponibilité… Il fit pour elle des jouets de bois qu'il peignit de couleurs vives. Il lui préparait de bons petits plats, jouait aux marionnettes, la prenait des heures sur son dos ou ses épaules, la faisait virevolter… Sa patience était infinie. Elle lui offrit, avant sa mort, ce qui fut, sans doute, un de ses derniers plaisirs, un bol de fraises à la crème.

Mon père fut pour moi aussi, dans ma petite enfance, un papa poule, extrêmement joyeux, tendre, parfois même enfantin. C'est lui qui, les jours de classe, me réveillait le matin, prenait le petit déjeuner avec moi, puis m'emmenait à l'école. Ma mère dormait encore. À ses difficultés respiratoires s'ajoutaient des insomnies récurrentes. Elle s'endormait vers deux, trois heures du matin, ses nuits souvent traversées de cauchemars, où elle se retrouvait aux prises avec les SS dans les camps d'extermination. Le matin, elle reprenait des forces. Mon père m'entourait de la tendresse qui lui avait manqué.

Plus tard, mon père joua davantage encore un rôle maternel lorsque ma mère fit deux années de suite des accidents de ski, puis, alors que je venais de fêter mes neuf ans, un très grave accident de voiture, qui l'emmena d'hôpital en hôpital jusqu'à mes douze ans. Ensuite, ce ne fut plus jamais la même chose, j'avais définitivement perdu la mère de ma petite enfance. À l'adolescence, alors qu'elle me séduisit par les récits exaltants de sa jeunesse et de la Résistance, mon père, lui, accueillit avec fierté ma jeune féminité. Il n'arrivait pas à retenir les noms des garçons qui me plaisaient, les écorchait avec plaisir. Il aurait voulu me garder pour lui.

Mon père n'avait pas de modèle de référence. Devenir le parent d'un adolescent lui était inconnu. À cet âge, il avait été confronté à la solitude. Il ne comprenait rien à mes désarrois nouveaux, à mes peines de cœur, à mes interrogations. Il ne pouvait pas m'offrir la force de sa parole. J'en souffrais. Je haïssais ses silences, je les vivais comme une désertion. Je me sentais seule à mon tour. La vie l'avait obligé à se débrouiller, il attendait, sans doute, que je fasse de même. De temps en temps, il me serrait contre lui, très ému, me disant que je pourrais toujours compter sur lui, qu'il était là pour moi. Ses paroles éveillaient l'angoisse, ce qu'il n'aurait jamais pu imaginer, ni vouloir ; je les recevais comme s'il ne me faisait pas confiance, comme s'il me croyait incapable d'affronter les difficultés de la vie. Il les redoutait pour moi, voulait m'en protéger plutôt que de m'aider à y faire face.

Parfois je me suis demandé si mes parents

avaient eu des discussions sur l'éducation qu'ils me donnaient, ou n'était-ce pas l'habitude dans leur génération ? Ils n'étaient pas des enfants de la psychanalyse. Ils ne croyaient pas aux mots comme j'y croyais. Leurs vies avaient été tellement traversées, bouleversées par les événements extérieurs – la Révolution communiste, l'accession de Hitler au pouvoir, la Seconde Guerre mondiale, les camps de travail, les camps d'extermination – qu'ils se souciaient peu de leur vie intérieure. Elle ne méritait pas qu'on en parle. On la subissait, on s'en accommodait, vaille que vaille, en silence, en son for intérieur. Surtout mon père, personne ne l'avait jamais écouté, il avait appris à enfouir ses sentiments, à les réprimer. Pour tenir debout.

Lorsque, à sept ans, je le vis pleurer en m'annonçant que ma mère venait de se casser la jambe, je fus bouleversée. Le monde vacillait. Mon père avait l'air si ébranlé, si affecté, si profondément touché que je me sentis perdue. Des sanglots montaient en moi, non pas tellement pour ma mère accidentée que pour le désarroi troublant de mon père. Je n'en laissai rien paraître. Je jouai à la grande. Toute la famille ne pouvait pas s'effondrer. En voyant les yeux pleins de larmes de mon père, je savais, comme savent les enfants, que celui-ci était saisi par des émotions et des sentiments qui allaient bien au-delà des faits présents, qu'ils concernaient des histoires du passé qui m'échappaient. Peut-être est-ce ce jour-là, en fin d'après-midi, sur le flanc enneigé d'une montagne, que je me destinai à devenir psychanalyste. Pour analyser, et panser, la douleur de mon père.

L'amour médecin

La scène se passe dans un sanatorium suisse, une chambre fraîche, un lit de fer-blanc. Curieux endroit pour une rencontre. C'est pourtant là que tout se joue. Elle est allongée, il s'assoit auprès d'elle. Ils bavardent, des banalités sans doute. Qu'est-ce qu'ils captent l'un de l'autre pour que toute leur vie se noue à cet instant ? Est-ce sa gentillesse extrême qui la touche ? Est-ce sa maladie en même temps qu'une volonté de vivre qui transparaît sur son visage et dans sa voix qui le retiennent ? Est-elle séduite par ses yeux si bleus, est-il séduit par sa chevelure, ses yeux noisette ?

Un jeune homme s'approche d'une jeune fille malade. Sait-il à ce moment-là qu'il veut devenir son sauveur ? Est-il poussé à son insu à aider cette femme à guérir parce qu'il n'a pu empêcher la déportation et la mort de sa mère dans le camp d'où elle revient ? Et elle ? Ose-t-elle rêver à l'amour ? Comprend-elle que ce visiteur va lui ouvrir la voie de l'amour médecin ? Sentent-ils qu'ils passent implicitement un pacte qui va les lier jusqu'à la mort ? Il jure de l'aider à se battre pour vivre, elle jure de guérir pour lui.

Ce sera une nouvelle guerre, une guerre privée contre la maladie, ils la mèneront ensemble, ils s'épauleront pour l'emporter. Elle et lui seront deux amoureux, deux combattants.

Leur histoire qui avait tout pour se fracasser contre la réalité prend son envol presque aussitôt. Très vite le courrier s'embrase. Les mots écrits allument les sentiments les plus vifs. Boris et Jacqueline se confient l'immensité de leur besoin d'amour. C'est en s'écrivant qu'ils se découvrent aimant. Elle cherche en lui le père trop tôt disparu, il désire trouver dans l'amour un amour maternel qui lui a cruellement fait défaut. Ils veulent être tout l'un pour l'autre, d'abord père et mère, frère et sœur, plus tard amante et amant.

Ne pense à rien d'autre

Leysin, 23 novembre 1946

Boris, mon chéri,

Je viens de lire quelques passages du livre *Déportée 50 440* de Wanda Carliez Lambert de Loulay. J'ai eu du mal à m'arracher à la lecture des descriptions du supplice de la baignoire tel que je l'ai subi moi-même. C'est décrit avec une précision et une vérité hallucinantes. Ai-je vraiment vécu cela ? Mais je veux vite oublier tout cela pour ne plus penser qu'à mon bonheur actuel et ne pas gâcher l'immense joie que m'a causée ta gentille lettre. Est-ce possible que j'ai eu le bonheur de rencontrer « l'âme sœur » ?

Maman est arrivée jeudi matin à dix heures. Comme ça, simplement, elle a ouvert la porte et elle est entrée. Elle m'a prise dans ses bras et m'a couverte de baisers. Elle était si heureuse de me revoir après six mois d'absence. Elle m'a vue partir en brancard de Paris et maintenant elle me trouve debout et solide sur mes jambes, quoique maigre encore. Depuis qu'elle est là, je ne fais plus rien d'autre. Elle parle et je l'écoute. Mais elle n'arrête pas de me répéter sur tous les tons : « Jacky, il faut que tu manges ! Veux-tu ceci, veux-tu cela, une pomme, un cognac aux œufs, un gâteau, du chocolat, du vin et pas de cigarettes ! » Elle-même fume comme un sapeur.

J'ai dû lui parler de toi en long et en large.

Bruxelles, 27 novembre 1946

Petite Jacky chérie,

Le facteur avait vingt minutes de retard, mon cœur s'est serré. J'avais si peur de ne pas recevoir de courrier. Ta lettre est comme une très forte dose d'opium. Chaque fois que je la lis, je m'envole au pays des rêves. Tu es mon âme sœur et je suis ton âme frère. Je voudrais tout trouver en toi : ma mère, ma sœur, mon amie, ma petite Jacky.

Jacky, pourquoi lis-tu des livres comme *Déportée 50 440*. Je ne t'écrirai pas, comme on me l'a dit à moi, d'oublier. Non, il ne faut jamais oublier, jamais ! Mais ne lis pas cela maintenant, tu es trop faible, c'est trop lourd. Attends encore quelques mois, tu seras mieux, tu pourras le lire sans danger pour ta santé. Jacky, tu dois guérir. Ne pense qu'à cela pour le moment. Tu voulais guérir pour moi ! Prendre du poids ! Ne pense à rien d'autre.

Le traumatisme en héritage

Penser à sa santé, à son corps, à ses souffrances, c'est ce que ma mère fit jusqu'au dernier jour de sa vie. Qu'est-ce qu'être l'enfant d'une mère malade ? Son amour pour moi était démesuré. Immense et malhabile, gauche, souvent incohérent : tantôt trop proche, tantôt trop lointain. La préoccupation inquiète pour ses maladies la rendait soudainement absente. Elle n'était plus là, requise par elle-même, ses difficultés respiratoires, ses douleurs d'estomac, ses cauchemars, sa jambe cassée. Le corps prenait toute la place, celle de la psyché. Elle ne pouvait pas penser. Son expérience concentrationnaire était un traumatisme inassimilable, impensable, impensé. Le corps dans sa crudité, sans médiation, criait pour elle. Les mots étaient absents pour dire l'horreur des camps. Revenaient sur ses lèvres : « C'est impossible à raconter, c'est impossible à croire. Si je parlais, on ne me croirait pas. »

Petite fille, je voulais sauver ma mère de l'anéantissement, lui épargner le Mal, la protéger des « méchants ». Je voulais la guérir – non pas seulement de ses maux physiques mais de ses visions cauchemardesques, de ses insomnies, de cette déchirure de l'être qui la hantait, de ce qu'elle avait subi là-bas, au-delà de l'imaginable, au-delà de l'humain.

Le traumatisme en héritage : l'agressivité inhibée, impossible de faire du mal, mes deux parents étaient trop fragiles. Seulement être sage et obéissante. Ne rien déranger. Rester immobile. Silencieuse, ramassée sur soi comme quelqu'un qui se cache, qui cherche à demeurer dissimulé. Faire le mort pour sauver sa peau. Ma mère disait qu'au camp elle s'était faite toute petite, invisible, pour se protéger, pour échapper au travail d'esclave, pour ne pas mourir. Tenir des heures dans le froid, à l'appel, au petit matin glacial de haute Silésie. Se cacher dans les latrines. Elle avait vingt-trois ans. Comment vivre lorsqu'on est un enfant de survivant ? Comment oser vivre, rire, bouger, chanter, être heureuse ? Pourtant, ils voulaient que la vie l'emporte sur l'anéantissement. Ma naissance était un miracle à leurs yeux. La vie plus forte que toutes les morts.

Quel poids, quelle responsabilité ! Réussir sa vie, comme une preuve, une revanche. Je ne suis pourtant jamais vraiment partie. J'ai pris ma liberté de l'intérieur. Mon corps est resté sur place. Comme un rempart, une présence inamovible. Je me suis enfuie par l'imagination, par la rêverie, par la lecture. Jamais je ne me suis levée pour dire : je m'en vais. Adieu. La séparation, toute séparation était un tel traumatisme. C'était, par association immédiate, la mort. Comment leur faire ça, à eux ? Être « méchante », c'était rejoindre le camp des nazis. Qui peut vouloir se mettre du côté des tortionnaires, des assassins ? Je n'avais pas cette force-là. Le fantasme était trop puissant. Et puis, toujours cette question revenait : aurais-je su lutter, survivre, moi aussi, ou serais-je partie en fumée après avoir été humiliée et asphyxiée ?

Mes parents étaient soudés l'un à l'autre, pas seulement fondus l'un dans l'autre, mais coulés dans un même corps : le corps souffrance de ma mère, le corps soignant de mon père – liaison covalente parfaite. Ce corps fantasme est né en Suisse, après la guerre, après la déportation, après l'indicible. On ne revient jamais de là-bas. Il fallait un même corps pour deux, puis un même corps pour trois. Comment faire confiance au monde ?

Boris, écorché vif, s'efforçait de faire taire ses propres tristesses, il s'engloutissait tout entier dans son amour pour Jacqueline. Elle était sa salvatrice, il était son sauveur. Il ne voulait pas qu'elle évoque sa déportation. Il n'arrivait pas à faire le deuil de sa mère, déportée et gazée à Auschwitz. Il lui enjoignit de ne pas penser aux camps de la mort. Il lui imposait silence pour ne pas éveiller son insupportable peine. Au retour de déportation, il s'agissait de reprendre le cours de la vie là où elle s'était brisée. La catastrophe avait été vécue collectivement, mais chacun se retrouvait seul avec ses propres cauchemars. Survivre éveillait un sentiment de culpabilité – culpabilité du survivant, disait-on –, un sentiment de victoire aussi, sur les nazis. Mes parents n'avaient pas partagé le sort des victimes, ils avaient échappé au génocide. Ils étaient meurtris mais vivants. Deux orphelins, deux survivants, s'épaulant mutuellement pour tracer un chemin de vie, c'est ainsi que se noua leur couple. Un couple fondé sur l'interdépendance, le rêve tout-puissant de vaincre la maladie et la mort. Ils s'arc-boutaient contre le monde. Ils voulaient m'en préserver. Le monde recelait trop de dangers. Ils voulaient me les épargner. Ils n'avaient pas confiance dans les forces que l'on peut développer en soi. Leurs expériences leur avaient prouvé que Thanatos l'emporterait toujours sur Éros.

Pourtant, l'amour était né entre eux, un amour salvateur, un amour telle une renaissance, une sève puissante, une rosée du matin. Mais leur confiance n'allait pas bien au-delà du petit cercle de leur couple. Ils doutaient des êtres humains et surtout des États. Ils colmataient leur nid contre tous les prédateurs. Ils avaient quelques amis qui avaient, eux aussi, connu les malheurs du temps. Je ne sais pas de quoi ils discutaient ensemble. Je jouais avec leurs enfants. Ont-ils été élevés comme moi dans le silence ? Qu'est-ce qui leur a été transmis de cet univers concentrationnaire ? À l'âge où j'aurais pu échanger avec eux, nous ne nous voyions plus. À l'époque, d'ailleurs, on ne parlait pas encore de ce qui était arrivé dans nos familles, de traumatisme intergénérationnel, on ne parlait tout simplement de rien. Les anciens déportés cherchaient à oublier, à vivre leur vie d'adulte, en travaillant et en élevant leurs enfants en honnêtes citoyens. Ils voulaient être comme les autres, sans histoire. La page était tournée. Place à l'avenir, pensait mon père, ma mère aussi. Parfois, pourtant, ma mère se laissait aller à raconter ses années de Résistance, les armes déplacées, les faux papiers, les faux tickets de rationnement… Si elle enchaînait sur son arrestation et commençait à évoquer Auschwitz, mon père l'interrompait, prétendant que ce récit lui ferait du mal, inutilement. À quoi bon remuer ce passé ? demandait-il, imposant silence.

Moi, j'aurais tellement aimé que mon père pleure sa mère gazée, que ma mère exprime ce qu'elle avait vécu d'effroyable, qu'elle trouve des mots pour dire l'horreur, l'irreprésentable. Son traumatisme, elle me le transmettait, à son insu, bien sûr, me chargeant de ne pas oublier ce que des millions d'êtres humains avaient enduré. J'entendais leurs voix hurler en moi. J'aurais voulu épeler chacun des noms des disparus. La tâche était incommensurable. Je ne savais comment répondre à cette demande à mi-mots prononcée. « Il faut que ta génération se souvienne, il ne faut pas oublier, c'était notre seul espoir au camp, que les autres sachent ce qui s'était passé. Tu te souviendras ? »

Oui, Mami – c'est ainsi que je l'appelais, à l'anglaise –, oui, Mami, je me souviendrai, et les enfants de mes enfants se souviendront. Mais le traumatisme en héritage doit s'éteindre, lentement se désagréger, perdre sa force de nuisance. La lutte doit être consciente. Je veux voir la vie vaincre, le plaisir l'emporter sur la souffrance, l'amour sur la mort, l'art sur le quotidien, la politique sur la confusion et l'indifférence. Je ne peux jusqu'au bout de ma propre vie porter ce fardeau si lourd que tu m'as confié. J'y perds le souffle et le pas. Peux-tu le comprendre ? Peux-tu l'accepter ? Je veux le partager avec d'autres, qu'il devienne un combat, une vigilance, une éthique.

Avant la guerre, à Tours, tu avais deux amis, l'un s'appelait Marcel, l'autre Paul. Tu aimais le premier, le second était amoureux de toi. Quarante ans après la guerre, tu appris incidemment ce qu'il advint de ce dernier. Tu en fus bouleversée. Je t'en voulais d'avoir préféré le pharmacien au poète. Je lui adressai une lettre imaginaire*. Je récrivais ton histoire. De génération en génération, que peut-on faire d'autre que toujours reprendre la même histoire pour en faire un nouveau récit ?

* « Lettre à Paul Celan », in *Lettres à l'amant*, chez Colophon, imprimeur à Grignan, 1997, p. 17-21.

Noël à Auschwitz

Leysin, 1er décembre 1946. Huitième lettre. Jacqueline a vingt-cinq ans, elle est malade, très malade, elle ne sait pas si elle retrouvera un jour la santé. Ne sont-ils pas en train de bâtir des châteaux en Espagne ? Elle lui écrit sans détour : « Est-ce que je pourrai te rendre aussi heureux que je le voudrais et que tu le mérites avec ma santé fragile et mon être physiquement diminué ? Tu vois que je m'ouvre franchement à toi et que je n'ai pas peur de te dépeindre la réalité telle qu'elle est. J'ai peur, oui terriblement peur ! »

Il lui répond : « Chérie, il y a un passage dans ta lettre qui m'a déchiré le cœur. "C'est la faute à cette sale maladie…" Toutes mes lettres ont-elles été vaines ? Tu m'as enlevé d'un seul coup tout le bonheur que tu m'avais donné pendant deux mois.

« Ta maladie sera bientôt finie, ni aujourd'hui ni demain, je le sais, mais le jour viendra, oui plus vite que tu le crois, si tu le veux ! "Mon être physiquement amoindri", que tu es cruelle de me lancer des mots semblables. Je ne suis pas prophète, mais je sais que, aussi longtemps que je vivrai, j'essaierai de te rendre heureuse. Veux-tu plus ? »

Un peu plus tard, Jacqueline évoque ses parents :

« J'ai perdu mon père le 21 mai 1944, à Grenoble, et cinq semaines plus tard je me faisais arrêter. Je me suis fait torturer pendant quarante-huit heures à la Gestapo pour ne pas donner mon adresse afin de permettre à Maman de s'enfuir. Elle a trouvé refuge au couvent Notre-Dame-de-Sion. J'étais même un peu troublée en la revoyant, au retour de déportation, parce qu'elle avait pu continuer à vivre presque normalement pendant que moi j'étais en enfer. Mais il y avait tant de mes camarades qui n'avaient plus leurs parents… J'avais de la chance dans mon malheur. Heureusement que Papa n'a pas vu sa fille déportée. Il ne l'aurait pas supporté.

« Maman, à la Libération, a pu regagner Tours, vers le mois de décembre 1944. Elle a retrouvé notre appartement, situé dans un grand immeuble neuf, miraculeusement épargné par les nombreux bombardements de la ville. Mais toute sa famille a été déportée et n'est pas revenue. Moi, je suis rentrée, malade, le 30 mai 1945. Maman avait mis tout son espoir en mon retour. Elle a passé des moments de désespoir à mon chevet, à Paris, quand j'étais mourante et n'avais même plus la force de lui adresser la parole. Je la repoussais quand elle s'approchait de mon lit car cela m'empêchait de respirer. Elle a vraiment été merveilleuse pendant toute cette période où je jouais à cache-cache avec la vie et la mort. Souvent elle ne mangeait pas pour être plus longtemps près de moi. Non, je n'oublierai jamais cela. »

Le bonheur n'allait pas de soi. Il fallait l'arracher à la maladie, le gagner jour après jour, avec patience. Croire à la guérison. Ne pas se décourager. Une camarade de chambre meurt et le chagrin, le découragement, le désespoir même l'emportent. Jacqueline craint le pire. Les amis de Boris le mettent en garde, on ne tombe pas amoureux d'une « tutu », une jeune femme atteinte de tuberculose, c'est insensé. Boris et Jacqueline tiennent bon. Ils n'ont rien à perdre sans doute. Ils ont déjà tout perdu. Cela leur donne de la force, de la volonté, du courage, de l'endurance morale. Ils s'écrivent depuis deux mois seulement mais leur lien est déjà solide. Ils veulent croire que leur histoire a un avenir même si tout s'y oppose.

Ils se racontent les livres qu'ils lisent, la poésie qu'ils aiment. L'écoute des mêmes programmes de musique classique, à la radio suisse « Sottens », les réunit. Boris va au cinéma – ici, le dernier cri, c'est *Arsenic et vieilles dentelles* –, Jacqueline assiste à des projections privées au sanatorium : *Le Cuirassé Potemkine.* Parfois, le cafard gagne, ils sont trop loin l'un de l'autre. Ils espèrent se revoir aux vacances de Pâques, mais il faudra obtenir des visas belges, français et suisses. Ce sont de longues démarches administratives. Boris trouve le temps interminable, Jacqueline s'inquiète de cet amour né par correspondance. Sur quoi est-il fondé, se demande-t-elle, ils ne se sont vus que deux ou trois fois, leur imagination n'est-elle pas trop vive ?

« Tu es mon premier amour, et le dernier », lui déclare Boris. Une perspective l'angoisse cependant. Son cousin Jo, qui l'emploie dans la firme familiale à Bruxelles, lui demande d'émigrer au Canada pour y travailler dans la filiale d'outre-Atlantique. Boris ne veut pas être éloigné de sa bien-aimée, pourra-t-elle émigrer avec lui ? Sera-t-elle guérie avant son départ ? À l'approche des fêtes de fin d'année, la nostalgie d'une vie de famille s'accroît. Jacqueline a passé Noël seule au lit, personne ne l'a invitée, elle a lu *Germinal*.

« Une tristesse infinie m'a envahie ce soir. Je pensais au Noël de l'année dernière, où j'étais à l'hôpital presque mourante, au Noël d'il y a deux ans, où j'étais également malade mais à l'infirmerie d'Auschwitz. J'étais étendue sur mon grabat, enroulée dans une mince couverture. Les compagnes valides dansaient un peu entre elles et chantaient une chanson que je n'oublierai jamais. Dans le refrain, il y avait ces mots : *nach jedem Dezember, kommt wieder ein Mai.* “Après chaque décembre, revient mai.” J’ai pensé : si seulement je pouvais tenir encore cet hiver, au printemps nous serons sûrement libres. Cela a été dur mais j’ai tenu ! Le 18 janvier nous avons dû évacuer Auschwitz à pied. Les Russes avançaient, il fallait marcher vite, sans s’arrêter jour et nuit. 20° au-dessous de zéro, 39° de fièvre. J’ai tenu et je tiendrai encore ! »

Boris évoque des souvenirs moins dramatiques, cocasses même. « Je me rappelle la Noël 44, on avait demandé un chat à une jeune fille allemande qui travaillait à l’usine. Elle l’avait apporté mais son père n’avait pas eu le temps de le tuer, et nous, nous étions surveillés par la sentinelle. On avait glissé le chat dans un sac en dessous d’un escalier. De temps en temps, on entendait un miaulement plaintif. Nous étions sur des chardons ardents (*sic*) de peur qu’un officier allemand le remarque. Et tout à coup… la sirène retentit. Des avions américains étaient dans le ciel. Tout le monde courait… c'était une merveilleuse occasion de se réfugier avec le sac derrière la maison. Quelques instants plus tard, la tête du chat était coupée, la peau enlevée. Personne n'avait rien vu. Heureusement, notre "repas de fête" était sauvé ; nous l'avons mangé à cinq ou six, c'était si bon, un vrai goût de lapin, ou du moins chacun le prétendait pour ne pas dégoûter les autres peut-être… »

Il poursuit :

« Au camp, je me suis débrouillé. Parfois j'étais malade, des piqûres traversaient mes poumons, mais je tenais bon, jusqu'à minuit, parfois plus tard, je travaillais, je savais que ce serait trois cents grammes de pain pour chacun. Je faisais des jouets pour les enfants des Allemands. En échange, je recevais du pain que je partageais avec mes camarades du commando. J'ai fait des avions, des tanks, des cuillères pour la soupe et même des sandalettes pour dames avec des semelles pliantes et des lanières de cuir noir à bord rouge. Je crois qu'on a reçu cinq kilos de pain pour chaque paire ! Pour nous soutenir le moral, je racontais des blagues, je faisais rire, je jouais aussi de l'harmonica, de la musique à bouche… *La Marseillaise*, *Auprès de ma blonde*, *Avanti popolo*… En chantant, nous étions pris d'un élan d'espoir, nous nous sentions la force de vaincre, de vivre. Jusqu'à la Libération. En distrayant les autres, j'oubliais mes propres soucis. Encore une fois je vais faire cela, pour toi et pour moi. Je veux vaincre une fois de plus. Tu es mon nouveau combat. »

*

L'ennemi à vaincre, c'est une pleurésie purulente chronique du côté droit, provoquée par une opération, un pneumothorax partiel.

*

Les images de la guerre sont sans cesse présentes. Boris se souvient d'un coin de ciel bleu aperçu à travers les barreaux de la prison, au mois de mai 1942. Il espérait revoir un jour un coin de ciel bleu sans barreaux, sans prison, sans gardiens. En évoquant le moment où il pourra rejoindre Jacqueline à Leysin, dans quelques mois, c'est à ce carré de ciel qu'il repense.

Mythe fondateur

Cet amour contrarié par la maladie, mythe fondateur du couple de mes parents, m'avait donné la forte conviction que l'amour se gagne de haute lutte, qu'il ne va jamais de soi, qu'il est hérissé de difficultés et de contretemps, qu'il faut s'armer de patience et d'intelligence pour les vaincre, mais que ces obstacles lui donnaient aussi toute sa valeur. Longtemps, j'ai cru le couple de mes parents trop exemplaire pour oser croire que je pourrais atteindre leur bonheur. Je me sentais écrasée. Pourtant, être née de l'amour donne de la force, prédispose sûrement à répéter, dans sa propre existence, cet élan de vie et de confiance.

Quel est le secret des couples qui traversent le temps ? On préfère évoquer la rencontre, le coup de foudre, la lune de miel, l'idéalisation première, mais qui parle du passage du temps, de la réalité quotidienne, des ajustements à faire, des concessions, de la tolérance aux différences, de la patience, de la diplomatie, de la ruse même, cette *intelligence oblique* des Anciens ? Qui dira tout ce qui permet de dépasser les tensions, les conflits, d'apaiser les colères, de résoudre les disputes, de surmonter les brouilles ?

En lisant leurs lettres, je me demandais comment ils avaient vécu les premiers mois, les premières années de leur vie commune. Lorsqu'ils se retrouvèrent face à face, dans la plus concrète des proximités, comment ont-ils apprivoisé leur quotidien ? Il y fallait, sans doute, autant d'intelligence que d'amour, le désir de faire durer le couple, une grande confiance en soi, une forme d'humilité, le renoncement à certaines certitudes, à beaucoup d'amour-propre, une sagesse du détail, une bienveillance sans ombre…

Je ne les ai pas souvent vus se disputer, peut-être réservaient-ils cela pour leur chambre conjugale. Je sais, cependant, qu'il leur arrivait de se bouder un long moment, parfois même un jour ou deux. Je trouvais cela à la fois insupportable et presque amusant à force d'être absurde. Je les observais agissant comme d'habitude mais sans s'adresser la parole. Ils ne voulaient pas céder, c'était une petite épreuve de force, puis ils riaient d'eux-mêmes, se pardonnaient leur différend, la vie reprenait son cours. J'étais soulagée.

Face à moi, ils faisaient volontiers bloc. Enfant, quand j'adressais une requête à ma mère, elle me disait : « Va voir Papi » ; quand je me tournais vers mon père, il me répondait : « Va voir Mami. » Je me promenais entre les deux jusqu'à ce qu'ils se mettent d'accord. Il était très rare que je puisse obtenir de l'un ce que ne voulait pas m'accorder l'autre. Ils aimaient faire chorus. La barre de l'amour était placée très haut.

Pourrais-je jamais l'atteindre à mon tour ? me demandai-je. Comment y parvenir sans reproduire ce couple tellement soudé qu'il me paraissait étouffant ? Très jeune, je sentais confusément qu'il me faudrait davantage de liberté. J'aspirais à une intimité mêlée de vrais échanges, mais aussi de moments où chacun vaque à ses propres affaires, se tourne vers le monde ou vers soi, s'enrichit ailleurs. Face à mes deux parents, je devins une enfant unique qui savait jouer seule, je ne redoutais pas le vide. Quand je n'allais pas rejoindre d'autres enfants, j'étais bien forcée d'occuper mon temps. Un bout de ficelle, un peu de pâte à modeler, quelques marionnettes, des boîtes petites et grandes, des échantillons de tissu, n'importe quoi, tout devenait prétexte à inventions. La solitude se remplissait de mille échos joyeux. Le jeu est la première intériorité. Il m'arrivait bien sûr de me retrouver le nez sur la vitre, regardant les passants et les chiens défiler sur le trottoir, mais jamais longtemps. Je m'inventais des histoires, de grands voyages. Plus tard, la lecture amplifia mon imagination. À l'âge où je découvris l'amour, je compris qu'il me faudrait toujours des moments à moi, « une chambre à soi » comme le demandait Virginia Woolf à une époque où les femmes n'avaient pas de pièce qui leur fût réservée dans la maison. Moi, j'ai un bureau, je peux m'y enfermer, je suis chez moi. Ceu[illegible] que j'aime frappent à la porte avant d'e[illegible]er. Je ne pourrais pas vivre autrement. [illegible]rire est devenu mon terrain de jeu. Je [illegible]rche les mots, je tâtonne, j'essaie un [illegible]me, une mélodie pour dire quelque [illegible]e d'infiniment intime, pour le part[illegible]nsuite avec les autres. Pour moi, l'amour se vit dans ce même va-et-vient entre quant-à-soi et partage, entre solitude et présences. L'amour est comme un funambule marchant sur son fil en se balançant dans un équilibre à construire à chaque seconde.

Alarme

Hémoptysie

Le 22 janvier 1947, Jacqueline a la gorge en feu. Elle se demande comment elle a pu attraper une angine sans même sortir de sa chambre. Elle se souvient que, deux ans plus tôt, le 22 janvier 1945, elle traînait lamentablement son « pauvre squelette couvert de haillons sur les routes enneigées de Pologne et d'Allemagne. Les jambes enflées dans des pantoufles détrempées par la neige, le ventre creux, la langue pendante de soif par 20° au-dessous de zéro. Le 18, nous avions quitté Auschwitz. Je sortais de l'infirmerie où la veille j'avais encore 39° de fièvre. Eh bien, le croiras-tu, en arrivant après huit jours de marche à Ravensbrück, je n'avais pas même un petit rhume. Ma fièvre avait disparu et, avec elle, la chance de me faire admettre à l'infirmerie où on était tout de même mieux qu'à coucher à même le sol dans une baraque ouverte à tous les vents, où l'on vous marchait dessus toutes les nuits sans égard pour vos pieds gelés. Je crois que le 22 janvier 1945 j'aurais volontiers donné dix ou vingt ans de ma vie pour un lit chaud avec des draps et un peu de soupe bouillante».

Leysin, 17 février 1947

Boris, mon chéri,

Lundi matin huit heures. Je n'ai pas le droit d'écrire mais j'ai peur de te laisser sans nouvelles. Et un télégramme t'inquiéterait davantage. Hier matin, j'ai fait une hémoptysie. La première de ma vie! Cette nuit, une seconde. Suis très faible mais je pense que tout finira par s'arranger. Ta lettre m'a fait infiniment plaisir mais je ne sais quand je pourrai y répondre.

Excuse-moi mon chéri.

Je pense très fort à toi. Et sois assuré que je t'aime plus que tout au monde. Je t'embrasse tendrement,

Toute à toi,
Jacky.

Bruxelles, 19 février 1947 (par exprès)

Chérie, ma petite Jacky adorée, mon tout
Mercredi matin. Le contremaître vi nt de
m'apporter ta lettre, si mince. En ou nt, je
n'ai trouvé qu'une feuille, c'était beau-
coup trop pour toi. Chérie, je s ffondré.
Pourquoi encore cela ? N'as-tu ssez souf-
fert ? N'ai-je pas le droit de t' pour tou-

jours ? Chérie, dis-moi, qu'as-tu fait, qu'ai-je fait pour mériter ces nouvelles souffrances ? Ne cesseront-elles jamais ?

Je ne veux penser qu'à ta guérison, cette rechute ne sera que passagère, elle nous unira encore plus fort, pour nous aimer à jamais. Je suis à toi, uniquement, depuis longtemps. Nous ne formons qu'un seul être. Ton avenir est lié au mien. Regarde-toi comme une héroïne, tu combattras jusqu'à la victoire finale : être avec moi pour toujours. Promets-moi de guérir bien vite, je t'en supplie. Tu es ma maman, ma sœur, ma femme, mon bébé, ma petite Jacky, tu es mon tout. On m'a enlevé tous ceux que j'aimais et on veut t'enlever à moi, non, non, je ne le laisserai pas faire. Si tu ne peux pas écrire peut-être trouveras une amie pour écrire quelques lignes à ta p[illegible]

J'ai une petite grippe, je suis au lit et peux penser à [illegible] sans cesse. Tu vivras avec moi !

Je te chéris, je te caresse, je te soigne, beaucoup de baisers affectueux,

Ton Boris.

Lettre de l'infirmière, 20 février 1947

Monsieur,

Je vous mets un mot à la demande de Jacqueline, immobilisée, qui a fait quelques petites hémoptysies et qui est condamnée pour quelque temps à un repos complet. Cette menace de silence prolongé lui causait du souci, aussi je vous donne de ses nouvelles qui, quoique non fameuses, ne causent pas trop d'inquiétude. Je suis son infirmière et Jacqueline a une soif de vivre et une volonté qui doit triompher malgré les durs assauts de la maladie. Je suis sûre qu'une longue lettre de vous lui donnera des forces neuves pour lutter, ou mieux, une visite, mais votre amie m'a avoué l'impossibilité matérielle d'obtenir un visa rapidement.

Que cette lettre vous apporte tout ce que Jacqueline mettait dans les siennes et ce qu'elle pense sans avoir le droit de l'exprimer.

Soyez assuré que j'entoure votre amie de toute mon amitié,

Bien à vous

O.L.

En PS, un mot de Jacqueline :

Boris, mon chéri,

Crois bien que je t'aime très très fort et que toutes mes pensées sont concentrées sur toi. Je veux vivre pour toi, mon chéri ! J'ai du mal à écrire, je vois à peine clair. Si seulement je pouvais te voir ! Je t'embrasse avec tout ce qui me reste de forces.

Avec toute mon affection et ma tendresse pour toujours à toi,

Ta petite Jacky.

PS : Maman n'est pas au courant !

Bruxelles, 20 février 1947

Ma Jacky, ma petite chérie, mon tout,

Depuis hier, je ne vis plus. Depuis que ma réponse à ta petite lettre est partie, je ne sais que faire. J'ai déjà pensé à tout. J'espère que tu vas déjà beaucoup mieux. Chérie, je t'aime et souffre terriblement. Je n'en peux plus. Je voulais tout te donner, le meilleur. J'aurais eu le bonheur parfait avec toi. Tu sais bien que je ne peux pas vivre seul, il me faut une maman. Nous nous sommes rencontrés et c'est un vrai miracle, nous nous aimons d'une façon qui n'existe peut-être pas deux fois. Tu sais que dans ta personne j'ai retrouvé tout ce que j'avais perdu. Je pleure, je prie, je t'aime. Je t'aime ! Je te supplie de guérir. Chérie, je t'embrasse, je te serre dans mes bras, je te donne des millions de baisers, toujours ton

Boris.

Bruxelles, 24 février 1947

Chère petite Jacky chérie,

Lundi soir. Depuis aujourd'hui je travaille de nouveau. Ton mot et celui de ton infirmière sont arrivés hier matin. Merci infiniment à toutes les deux. Depuis vendredi soir, depuis que j'ai téléphoné et parlé avec ton médecin, je me sens mieux. J'ai dû attendre deux heures et demie pour obtenir la communication. Je croyais devenir fou. Mais enfin, ça valait la peine. Jusqu'à vendredi, c'était terrible. Surtout le télégramme du médecin. Mais heureusement, c'est fini, n'en parlons plus. J'avoue que tu as très mal choisi ton moment, étant au lit moi-même j'étais impuissant. Pour répondre à ton télégramme, je suis sorti avec la fièvre. Jascha, mon ami, m'a grondé. Samedi j'ai rendu ma demande pour obtenir un visa au consulat suisse. Tu vois, maintenant, ça roule. Ordinairement ça dure trois semaines mais ça ira sans doute plus vite, ils ont ajouté le télégramme à la demande. J'ai déclaré que tu étais ma cousine afin d'avoir un lien de parenté. Je dois venir vite parce que mon cousin rentre la première semaine de mars et je dois être là, tu dois me comprendre, ma petite Jacky.

Je te souhaite de bien te rétablir, encore un peu de patience, je t'embrasse et te caresse bien doucement, avec toute mon affection, beaucoup de baisers, comme toujours ton

Boris.

Télégramme, 1er mars 1947 (sic)

« État mademoiselle Esser toujours aussi grave faites démarches sans délai pour venir en Suisse

Docteur Jeanneret – sanatorium Grand Hôtel – Leysin »

Leysin, 27 février 1947

Boris chéri,

Comme je me sens un peu mieux, je vais essayer de t'envoyer quelques mots.

Il ne faut pas perdre courage si vite, mon chéri. S'il m'était vraiment arrivé quelque chose, je crois que de toute façon il aurait été trop tard pour te revoir. Que veux-tu, mon petit Boris, c'est ainsi dans la vie. Quand votre minute est arrivée, on s'en va sans demander l'avis de personne. Enfin, heureusement, j'ai la peau dure. « Mauvaise herbe ne périt pas ! »

Ton télégramme m'a donné un réconfort formidable.

Je n'ai pas encore le droit de bouger et depuis dix jours je reste dans le même petit creux de mon lit. Je fais un tout petit peu de fièvre et en ce moment j'ai les joues en feu.

Heureusement que le médecin ne me voit pas écrire, il me gronderait sérieusement.

À bientôt, je l'espère de tout cœur, écris-moi souvent, même un petit mot. J'ai tant besoin de tes lettres réconfortantes !

Toujours à toi, ta petite Jacky.

Le 12 mars 1947, un télégramme annonce l'arrivée de Boris à Leysin, pour quatre jours :

« Félicitations anniversaire – Viendrai après-midi – Boris. »

La chambre des parents

De ce court séjour, je ne saurai rien ou presque, quelques allusions dans leurs lettres. Le bonheur de la présence. Comment se sont-ils retrouvés après l'échange de ces premiers courriers ?

J'ignorais que ma mère avait failli mourir alors qu'elle connaissait déjà mon père. Quelques mois seulement après leur rencontre, tout avait failli basculer. Boris devait avoir une énorme confiance dans la vie pour s'engager ainsi avec une jeune fille aussi gravement malade.

Que sait-on de l'amour de ses parents ? Une génération nous sépare. Nous ne serons jamais contemporains. Ils appartiennent à une histoire qui n'est pas la nôtre, qui ne peut être la nôtre. Nous nous inscrivons dans leur histoire sans pouvoir la connaître, seulement la deviner, en esquisser quelques contours. Et pourtant elle nous a forgés. Étrange paradoxe : des liens amoureux de ses parents, l'enfant ne veut rien savoir et tout savoir. La chambre conjugale éveille sa curiosité. Il y prête l'oreille, mais, lorsque son père et sa mère s'embrassent en sa présence, il détourne le regard. Il est intimement persuadé que ses parents n'ont eu de relations sexuelles qu'une seule fois, pour sa conception. Depuis, assurément, ils sont chastes. Il est bien difficile de regarder ses géniteurs comme un homme et une femme avec leurs incertitudes, leurs angoisses, leurs plaisirs en dehors des nôtres. Aux yeux d'un enfant, les parents ne sont que des parents. Leur rôle d'éducateurs, de nourriciers, de conteurs, résume toute leur existence. On perçoit bien, même tout petit, à certaines expressions furtives, à certains gestes inattendus, à certains mots incompréhensibles, que quelque chose du monde adulte nous échappe. Il y a sur le buffet la photographie de leur mariage, mais leur couple se dissout dans la famille. Comprendre ce que représente un couple est hors de portée. C'est une réalité et une énigme. La nuit, ils dorment à deux dans le grand lit, ils ont de la chance, ils ne sont pas seuls. Nous nous consolons avec des peluches, un peu de lumière, le bord de notre coussin que nous roulons doucement entre les doigts. Nous nous inventons un ami imaginaire, un double, avec qui faire des niches, avec qui ne plus avoir peur dans le noir.

Parfois mes parents sortaient le soir. Les préparatifs étaient fébriles. Une odeur de parfum – Chanel n° 5 – se répandait soudain, des vêtements festifs faisaient leur apparition. Ma mère en robe noire tendait à mon père un collier qu'elle lui demandait de fermer dans le cou. Il lui arrivait de remonter dans son dos une longue fermeture Éclair, de lui attacher de petits boutons ou quelque minuscule crochet. Ces gestes me fascinaient, ils représentaient le comble de l'érotisme, ce que je pouvais imaginer de plus sensuel entre un homme et une femme. J'aime les retrouver dans de vieux films des années cinquante et soixante, c'est une image précieuse de mon enfance.

Mon père se rasait pour la seconde fois de la journée, il sentait bon la mousse et l'after-shave. Il passait une chemise propre bien repassée, glissait dans les fentes préparées à cet effet, par une torsion très particulière des doigts, des boutons de manchette dessinés par son frère – un F et un B majuscules –, puis choisissait entre plusieurs cravates celle qu'il porterait. Il demandait l'avis de ma mère, en comparait l'effet devant le miroir de la coiffeuse, en les approchant de son cou. Elles étaient toutes en soie, il les achetait en Italie lors de ses voyages d'affaires. Il en avait une grande collection. À treize ans, je lui en choisis une à Londres, dans les tons beige et bleu, qu'il porta longtemps ; je l'ai retrouvée dans son placard quand je l'ai vidé.

Avant mes neuf ans, avant l'accident de voiture, ma mère portait encore des chaussures à talons aiguilles. Parfois elle me laissait les essayer, pas souvent, parce qu'elle craignait que je les casse en jouant maladroitement à la « dame ». Une maman me semblait appartenir à une autre humanité que la mienne, comment pouvait-elle marcher juchée à une telle hauteur ? Allait-il falloir l'apprendre à mon tour pour devenir une femme ? Cette perspective me semblait aussi périlleuse qu'improbable.

Pour sortir, ma mère emportait un petit sac du soir, souvent noir et brillant comme un bijou, y glissait un mouchoir de fin batiste brodé à ses initiales, un miroir de poche, un bâton de rouge à lèvres et un petit peigne en corne. Elle y ajoutait aussi un minuscule atomiseur pour pouvoir se reparfumer au cours de la soirée. Auparavant, elle avait soigneusement limé ses ongles, puis les avait laqués de rouge. Elle tenait ensuite longuement ses doigts écartés, soufflant dessus pour que le vernis sèche plus rapidement. J'aimais assister à ces préparatifs, c'étaient les coulisses d'un spectacle auquel je ne participerais pas. J'étais autorisée à suivre leur métamorphose. Peut-être est-ce pour cela que j'ai toujours aimé me glisser derrière le rideau rouge, guetter la loge où l'artiste passe avec une infinie rigueur de la réalité à la fiction.

Je regardais mélancoliquement mes parents partir sans moi, élégants et solennels dans leurs manteaux sombres, me recommandant d'aller vite au lit. Ils allaient chez des amis, au concert, au théâtre, dans des endroits mystérieux auxquels je n'avais pas accès. Est-ce que cela m'arriverait aussi un jour, plus tard, quand je serais grande ? Deviendrais-je comme eux ? Me marierais-je un jour, moi à qui le blanc n'allait pas ? Ne reste-t-on pas pour toujours un enfant aux côtés de parents éternels ?

Printemps 47

Un phénomène de la nature

Dès son retour à Bruxelles, Boris annonce de bonnes nouvelles professionnelles. Son cousin Jo est arrivé du Canada ; ils ont eu une longue conversation. Après un apprentissage technique à l'atelier de confection, il souhaite que Boris ait une expérience commerciale. Pendant les séjours à Bruxelles de son cousin, Boris sera son secrétaire, en son absence, son représentant.

« … Mon avenir ? Capitaliste, bourgeois, ploutocrate ! Il m'a donné une position de chef. Maintenant je peux vraiment commencer à bâtir ma vie, pour toi. J'ai tous les atouts en mains. Je ne suis plus à l'atelier, enfermé entre quatre murs. J'ai un horizon très large. J'aurai plus d'argent aussi. Depuis ce matin ma tête est pleine de dollars, de bas Nylon, d'envois par bateaux, de pull-overs, de chiffres par millions, de télégrammes, de lettres, de factures… un "mélange maison", first class !!! »

Leysin, 26 mars 1947

Mon petit Boris,

Il fait mauvais dehors et l'on a le nez écrasé contre la vitre. Je pense au camp, aux longues heures d'appel passées sous la pluie, le vent, la neige, et mes pensées d'alors me reviennent… Avoir un abri… un lit, avoir chaud, ne plus jamais avoir faim… je n'en demandais pas davantage pour le restant de mes jours. Et maintenant j'ai tout cela et l'amour d'un être incomparable, que me faut-il encore ?

Leysin, 29 mars 1947

Mon Boris chéri,

Le docteur Nicod m'a regardé en scopie il y a quelques jours et s'est exclamé : « Mais vous êtes un phénomène de la nature ! » Il paraît qu'en peu de temps il y a une formidable amélioration au point de vue radiologique.

Leysin, 1er avril 1947

Mon chéri, mon petit Boris,

Je prends des gouttes pour stimuler mon appétit, mais les résultats sont lents, très lents.

À propos, vers quel moment crois-tu que tu pourras venir ? Mai, juin, juillet ? Et crois-tu que tu pourras facilement obtenir un visa ?

Je crois t'avoir dit déjà que j'ai toujours eu l'impression que mon papa m'enverrait des bras forts et un cœur aimant pour le remplacer, et ne crois-tu pas que ta maman m'a choisie, moi, pour t'aimer, te chérir, te caresser à sa place ?

Leysin, 7 avril

Maman a demandé l'autre jour à Nicod : « Quand est-ce que je peux emmener ma fille, Docteur ? » Il me demande : « Il y a combien de temps que vous êtes ici ? » – « Dix mois ! » – « Eh bien, comptons encore autant ! » Je voudrais bien qu'il ait dit vrai, car dix mois ne me semblent pas si longs. Avoir un délai, pouvoir compter les mois, ce serait merveilleux ! Je disais la même chose au camp, savoir quand… alors le temps semble s'écouler plus vite. Mais malheureusement ce n'est pas uniquement une question de temps maintenant. Il faut encore guérir !

Jour après jour, je découvrais leurs lettres

Jour après jour, je découvrais leurs lettres, les lisais, les recopiais. À travers ce lent travail de copiste, je poursuivais mon deuil. Je sentais leur présence, une présence flottante, inédite, qui m'émouvait et m'intriguait. J'essayais de les imaginer en jeunes gens. Je regardais les photos de cette époque, en noir et blanc, d'un tout petit format, aux bords dentelés. Je les laissais éparpillées sur mon bureau, près de leurs lettres. Ma mère avait un fin visage allongé, un large front, de grands yeux sombres et ardents, des lèvres généreuses, une longue chevelure bouclée. Ses traits étaient tirés par la maladie, elle paraissait fragile mais déterminée. Mon père avait la silhouette des acteurs de Hollywood, habillé de costumes qui flottaient un peu autour de lui. Son sourire était joyeux, ses yeux clairs et brillants, il portait les cheveux bouclés vers l'arrière, des lunettes rondes, puis de légères montures à peine visibles. Il paraissait heureux et confiant.

Ces photos témoignaient des moments de leurs rencontres à Leysin – plus tard en villégiature à Lucerne, Locarno ou Montreux, au bord du lac Léman –, haltes entre de longs mois de séparation et de solitude, temps sans écriture, sans correspondance, au bonheur des retrouvailles.

Sur l'une des images, je reconnaissais le sac que ma mère portait ; je l'avais trouvé soigneusement rangé dans une de ses armoires. Elle l'avait gardé depuis 1947, je l'avais conservé moi aussi. Par fidélité à sa fidélité. Les objets sont les complices de notre vie, ils racontent nos gestes, nos habitudes, cette part d'intimité qui nous accompagne à tout instant, porteurs de notre identité la plus minuscule et la plus certaine.

Un sac, c'est un peu de soi que l'on trimbale partout entre la maison et le dehors, un concentré des petites choses indispensables, un mouchoir, un peigne, un ticket de bus, des clés, des médicaments, une pièce d'identité, des photos souvenirs, de l'argent, du papier, un stylo, un tube de rouge à lèvres, un carnet d'adresses, un gri-gri, des bonbons, de vieux tickets de transport, un prospectus, une facture, un bouton, une lime, une pince à cheveux, un foulard, un plan de ville, de la lecture, une bouteille de parfum, un petit miroir, une lettre d'amour…

Après plusieurs mois de lecture et de copie des lettres, je m'arrêtai. J'avais besoin de souffler un peu. De reprendre le cours de ma propre vie. De m'occuper de mon jardin. De lire. Rien n'égalait le bonheur de la lecture. Kafka, Dostoïevski, Hannah Arendt, Irène Némirovsky, Elsa Morante, Marguerite Duras, Marivaux, Edith Wharton, Maupassant. Et toujours Balzac et Proust.

Après l'été, j'ouvris à nouveau les trois boîtes de correspondance. Je humais l'odeur très légèrement fanée de leurs contenus. Je repris en main les lettres, je les comptais, numérotais celles qui ne l'étaient pas. C'était un peu étrange d'apposer mon écriture sur leurs enveloppes. Je me persuadai qu'il n'y avait pas moyen de faire autrement. Je regardais les timbres, les cachets de la poste, les adresses sur les enveloppes. Je découvris qu'il me restait énormément de lettres à lire. J'étais un peu découragée. Je n'avais plus l'envie de les recopier. Cela m'éloignait d'elles, me les rendait presque aseptisées. Je voulais les lire sans mettre de biais entre elles et moi. Je les goûtai lentement, une à une, sans me hâter. Je fis une petite découverte. Mon père évoquait son père. Je me sentais proche de celui-ci, par la lecture et l'écriture. Mon grand-père russe m'était un peu rendu.

Printemps 1947. Boris rend visite, à Anvers, à la tante de son cousin Jo. Elle a bien connu son père ; elle lui raconte de petites choses sur lui qu'il ignorait. Il est très heureux d'en faire part à Jacqueline. « Mon père aimait, paraît-il, terriblement la lecture et surtout la littérature. Il lisait énormément. Beaucoup trop, commenta la tante. Elle est persuadée que, s'il avait vécu plus longtemps, il aurait certainement écrit des livres. En 1905, il imprimait des tracts sur une petite machine pour le parti socialiste ou progressiste. » Il ajoute avec humour : « Si tu oses encore prétendre que je suis bourgeois, moi qui suis membre d'une vieille famille révolutionnaire… »

Je ne connaissais de mon grand-père qu'une seule photographie, en gros plan. Son portrait était celui d'un jeune homme. Elle datait sans doute des années 1900. Il avait un fin visage, des cheveux sombres, des yeux vifs et clairs, un regard intelligent et mélancolique, une très fine moustache, comme les hommes en portaient au début du XXe siècle. Il avait l'allure d'un poète. Je le trouvais très beau, très attachant, une auréole de mystère l'entourait. Je savais seulement qu'il avait été ingénieur, peut-être dans la fabrique de son beau-frère. S'agissait-il de pétrole ? C'était un intellectuel. Mon père voulait devenir ingénieur comme lui.

Qu'ai-je reçu en héritage de cet homme au destin tragiquement suspendu ? J'aurais aimé qu'il puisse me raconter des histoires russes. Qui préférait-il, Tolstoï, Gogol, Tchekhov ou Dostoïevski ? Avait-il beaucoup voyagé ? Comment avait-il rencontré ma grand-mère ?

Pourquoi s'étaient-ils plu ? Où vivaient-ils à Saint-Pétersbourg, devenue Petrograd, puis Leningrad, avant de retrouver son nom ? Qu'attendaient-ils de leur vie ? Quelles étaient leurs familles ? Que faisaient-ils le dimanche, le soir ?

Lorsque ma mère entreprit de faire des recherches généalogiques, ce qui me fascina et me donna une étrange impression d'emprisonnement, ce fut de découvrir la détermination implacable, mathématique, qui nous relie à nos ascendants. J'étais issue – et seulement issue – de mes deux parents, de mes quatre grands-parents, de mes huit arrière-grands-parents, de mes seize bisaïeuls, de mes trente-deux trisaïeuls, de mes soixante-quatre... de ceux-là et de personne d'autre. N'est-ce pas affolant d'être ainsi lié, une génération après l'autre, à une histoire unique ?

Ma mère remonta assez loin dans sa propre

famille, paternelle et maternelle, jusqu'au XVIIe siècle, je crois. Je n'ai encore jamais pris le temps d'étudier l'arbre généalogique qu'elle reconstitua patiemment. Elle entreprit également de brèves et difficiles recherches pour la famille de mon père. Un jour, j'explorerai ces archives dont l'accès m'est en partie barré par la langue. Je lis l'allemand avec réticence, ne connais pas le russe. Pourquoi mes parents ne cherchèrent-ils pas à me faire acquérir ces langues ? La réponse, pour l'allemand, tient sans doute à leur ambivalence à son égard, mais aussi aux circonstances de leur vie. Alors que j'étais petite, ils entreprirent les démarches pour se faire naturaliser en Belgique, ils ne voulaient pas que des voisins puissent témoigner qu'ils parlaient une langue étrangère et l'enseignaient de plus à leur enfant. Ils manquaient aussi de pédagogie. Quand il m'arrivait, très jeune, d'essayer de parler l'allemand, ils coupaient mon élan, corrigeaient mon accent, insistaient sur mes fautes. Pour éviter les rebuffades, j'abandonnai. Cette langue me met dans un paradoxe étrange, elle m'est extraordinairement familière *et* étrangère. Quand je l'entends, j'en comprends une part, ses sonorités me bercent d'une mélodie intime, presque nostalgique. Étudiant Freud, j'oubliai mon histoire familiale. À Vienne, je m'entendis parler l'allemand pendant quelques jours, mais, quand je quittai cette ville, ma bouche se scella à nouveau.

Pourquoi mon père ne m'a-t-il pas appris le russe, même s'il le connaissait imparfaitement ? Adolescent, il l'avait oublié, mais, durant ses années de captivité en Allemagne, avec les autres prisonniers russes, il réapprit sa langue maternelle. Dans ma petite enfance, les amis de mes parents étaient tous d'origine russe. Pourquoi ne m'ont-ils rien transmis ? Donnèrent-ils priorité à leur intégration, à leur vie nouvelle, à la paix et à la sécurité enfin retrouvées ? Leurs langues maternelles appartenaient au passé, voulaient-ils l'oublier ? Je me sens amputée de ces langues. Je suis coupée de mes racines. Je n'ai pas accès, d'évidence, à mes ancêtres. Il y a une barrière entre nous. Comment pourrais-je fouiller les archives pour retrouver des traces de mon ascendance russe ? Avec quels efforts et quelle peine devrais-je me pencher sur les documents – souvent en écriture gothique – rassemblés par ma mère sur mes ascendants d'outre-Rhin ?

Un des derniers voyages de mes parents les conduisit à Saint-Pétersbourg. Venus en bateau depuis la Scandinavie, ils n'y passèrent qu'un seul jour, pas même une nuit. Que cherchaient-ils à éviter ? Pourquoi mon père n'a-t-il pas essayé de retrouver où il était né, où il avait vécu ses premières années ? Ce qu'était devenue sa maison natale ? Il leur arriva une bien curieuse aventure, qui m'apparut comme un acte manqué. Ils voulaient visiter le musée de l'Ermitage. Pour épargner les nombreux escaliers à ma mère, ils demandèrent à emprunter un ascenseur. Ils se perdirent dans les dédales du bâtiment, dans les pièces et les couloirs administratifs, n'arrivèrent jamais jusqu'aux salles de peinture. Égarés, épuisés, ils cherchèrent la sortie en désespoir de cause et quittèrent l'Ermitage sans en avoir vu les trésors.

« Tu n'as rien vu à Saint-Pétersbourg. Rien. »

La langue du cœur

Soudain, je me rendis compte d'une chose banale et pourtant étonnante : mes parents s'étaient écrit en français ! Le français accueillit leurs premiers élans. Pour s'écrire, pour se parler, mes parents l'utilisèrent toujours. Ce n'était pourtant leur langue maternelle ni à l'un ni à l'autre. Mon père avait vécu sa petite enfance en russe, ma mère en allemand. La première langue de l'exil fut l'allemand pour mon père, puis le hollandais et le français qu'il apprit vers quinze ans, à Charleroi, en 1938, loin de son foyer. Ma mère avait douze ans à son arrivée à Strasbourg, en 1933. Pour elle, le français représentait la liberté, un nouvel élan, un monde d'espoir et de joies nouvelles. Elle était une fillette volontaire et enthousiaste. La France devenait sa véritable patrie, celle du cœur. Pendant la guerre, pour se créer une identité de résistante, elle se choisit un nouveau prénom, Jacqueline, qu'elle ressentait comme bien français, en comparaison de son prénom de naissance aux consonances germaniques, Edith, dont elle ne voulait plus.

Elle fut arrêtée par la Gestapo, à Grenoble, le 10 juillet 1944, sous le nom de Jacqueline Monnier. Plus tard, au camp, à Auschwitz, elle fut dénoncée comme juive. Sur son avant-bras, elle portait à l'encre bleue indélébile deux numéros. Le premier « 87196 » fut barré et remplacé par un second : « A 29299 ».

Je ne sais si cette pratique était courante. Personne n'a jamais rien pu m'en dire. Ma mère portait ainsi tatouées sur son corps ses deux identités, celle de sa naissance et celle qu'elle s'était librement choisie, à laquelle elle tenait par-dessus tout.

À la fin de sa vie, elle demanda à porter officiellement son prénom d'emprunt qu'elle vivait comme profondément sien. Elle veilla toujours à parfaire sa connaissance du français, de sa grammaire comme de sa culture. Elle garda longtemps, malgré sa vie en terre belge, un accent français dont elle était fière. Comme elle avait vécu plusieurs années à Tours, elle se vantait de parler une langue aux sonorités tourangelles.

Mon père garda, lui, un léger accent étranger indéfinissable, mélange improbable de russe, d'allemand et d'une musicalité qui lui était personnelle, et faisait penser à certains qu'il était peut-être suisse. Le genre des mots le torturait ; pour ne pas blesser le féminin, il donnait la préférence à celui-ci. La règle de grammaire qui veut que le masculin l'emporte s'était changée, pour lui, en son contraire. Dans ses lettres, il accorde volontiers tous les adjectifs au féminin ou au féminin pluriel, n'hésitant pas moins à parler de lui au féminin également. Grâce à lui, je n'ai jamais douté qu'il était bon d'être une femme.

Pourquoi ne se sont-ils pas écrit en allemand ? Cette langue, devenue la langue des oppresseurs, des assassins, était désormais impossible à utiliser pour parler d'amour. Il n'y eut guère trace chez eux d'une hésitation. Du premier au dernier mot, leur correspondance s'est déroulée dans la langue française. C'est elle qu'ils m'ont offerte au berceau. Mon père nota pourtant, à plusieurs reprises, qu'il lisait en allemand, Goethe et Thomas Mann en particulier. Ma mère prétendait n'en avoir pas le courage. Plus tard, je les ai connus lisant l'un et l'autre en plusieurs langues, dont l'allemand. Ils se parlaient aussi dans cette langue pour que je ne les comprenne pas, jusqu'à ce qu'ils découvrent que ce n'était plus le cas ; ils se mirent alors à échanger leurs secrets en anglais. Au milieu de leur vie, ils apprirent ensemble l'italien, que mon père parla avec volubilité malgré de nombreuses fautes alors que ma mère, appliquée et perfectionniste, s'exprimait correctement mais avec une grande lenteur. C'était un sujet de plaisanterie entre nous.

Une des dernières fois que je parlai avec mon père, à l'hôpital, il fit un trait d'humour en italien. Il m'est impossible de me rappeler lequel. Je le cherche en vain depuis lors. Faut-il que toujours sa parole vienne à me manquer ?

Sentiments religieux

Au fil des lettres, Jacqueline lui parla de ses sentiments religieux. Boris fit de même. Le père de Jacqueline était libre-penseur, sa mère plus ou moins croyante. Ses grands-parents maternels, en revanche, respectaient les coutumes et les fêtes juives, qu'elle apprit à aimer. L'idée de Dieu ne l'avait plus effleurée depuis le lycée, ni à la mort de son père, ni à Auschwitz. Tout au contraire, au camp elle était plus athée que jamais. « Le massacre de tant d'innocents, de ces vieillards qui se lamentaient dans leurs prières, de ces enfants venus au monde pour mourir tout aussitôt dans un four crématoire » lui avait enlevé

« toute croyance en une justice divine ». Pour échapper à la mort, elle ne comptait que sur elle-même et sa volonté de résister. Néanmoins elle avait cherché encore une fois du réconfort dans la religion et dans l'existence éventuelle de Dieu. « C'était l'année dernière aux environs de Noël 1945. J'étais très très mal, comme tu le sais, et je me trouvais dans un hôpital dirigé par des religieuses. Je croyais ma mort prochaine et je n'avais plus la force morale de lutter contre l'influence que je subissais. J'ai commencé par prier, comme me l'avaient conseillé les sœurs, afin de trouver la foi. C'était dur au début mais, petit à petit, je trouvais un tel réconfort dans la prière que j'étais très heureuse d'avoir au moins cela pour me consoler. Je priais avec sincérité. Je crois d'ailleurs que je suis incapable de faire quelque chose sans sincérité. Je priais tous les soirs et surtout avant chaque opération ou intervention. Et cela me soutenait, me donnait du courage. J'avais des prières à moi, qui ne ressemblait à aucune prière d'aucune religion. Je priais surtout Papa afin qu'il veille sur moi et qu'il me donne la force de supporter mes souffrances. J'allais de mieux en mieux et, en reprenant des forces, j'ai senti ma foi décliner. Je priais avec moins de ferveur et je m'en sentais coupable. J'ai encore prié quelques fois au début de mon séjour à Leysin, puis, tout d'un coup, c'était fini. Maintenant je ne prie plus, mais j'attache tout de même une certaine importance à l'idée de Dieu... »

Boris se souvient d'être allé à la synagogue pour la première fois à l'âge de sept ans, un jour de Yom Kippour. Il y avait foule, il s'ennuyait terriblement. Il cherchait une distraction, regardant partout, en vain. Après être resté sage pendant plus d'une heure, il commença à fouiller ses poches. À gauche, non, rien, à droite, rien non plus... mais si, quelque chose de dur, tiens, qu'est-ce que c'est ? Il sortit l'objet de sa poche, c'était un pétard, oui, un véritable pétard. « Merveilleux, j'étais sauvé. Personne ne prêtait attention à moi. Et voilà, je faisais marcher mon pétard. Ça faisait ch... ch... craque... boummmmm !!!!!! Tout le monde se tourna vers moi en protestant et en se fâchant. Depuis ce jour-là, mes oncles, tantes et cousins craignaient que je ne dissimule à nouveau un pétard dans ma poche à chaque fois que je les accompagnais à la synagogue. En 1936, je fis ma bar-mitsva. Pendant des semaines j'appris le psaume que je devais chanter ce samedi de mes treize ans. À partir de ce jour, je voulais devenir pratiquant, mais après 1938 cette idée m'a quitté. Pourtant, sans être pratiquant, je crois encore en Dieu, un dieu personnel auquel j'adresse des prières matin et soir. »

Au cours de mon enfance, ils ne me parlèrent pas de Dieu ; l'un et l'autre avaient perdu la foi. Ils se considéraient comme des Juifs athées. Leur judaïsme était devenu un attachement à l'histoire d'un peuple, le souvenir d'une persécution millénaire. Ma grand-mère maternelle allumait les bougies du vendredi soir et se rendait à la synagogue aux grandes fêtes, parfois le samedi matin avant d'aller au marché aux puces chiner. Mes parents jeûnaient à Yom Kippour, le jour du Grand Pardon. Par solidarité, disait ma mère. Mais la fête à laquelle ils demeuraient fidèles d'année en année, c'était Hanoukka, la fête la plus joyeuse, celle des lumières, celle des friandises et des cadeaux, du jeu de la toupie, des chants pour les enfants. À cette époque de l'année, mes parents retournaient – avec des sentiments ambivalents – en Allemagne, qui n'était pas seulement le pays de la barbarie nazie mais aussi, douloureusement, celui de leur petite enfance, à l'un et l'autre. Ils y achetaient des biscuits aux épices – clou de girofle et cannelle –, qu'ils disposaient dans chaque assiette le premier soir des huit jours de fête. Ma mère confectionnait des *latkes*, des beignets de pommes de terre, servis avec de la compote de pommes. Elle appelait ce plat *Himmel und Erde*. « Ciel et terre. » C'était un plat traditionnel qui devait rappeler par sa friture qu'après le saccage du Temple par les Grecs il ne restait qu'un peu d'huile, mais qu'elle fit de la lumière miraculeusement pendant huit jours. La fête de Hanoukka a lieu en décembre, un peu avant celle de Noël, ou en même temps. Enfant, j'avais un certain regret à n'avoir pas chez moi un sapin à décorer. Dans la petite pension de famille où nous allions souvent passer les fêtes de fin d'année à la montagne, en Suisse, j'aimais participer à la décoration de Noël.

Le dimanche de Pâques, ma grand-mère glissait des œufs en chocolat aux creux de son jardin, parmi les iris et les jonquilles. Pour la Pâque juive, nous allions souvent chez les mêmes amis au fil des années. J'aimais cette atmosphère de convivialité, d'amitié et de fête ; les pratiques religieuses n'avaient pas d'autre sens. Mon judaïsme était entièrement émotionnel. C'était, à la manière de Freud, quelque chose d'intime et de « mystérieux ». Une forme de joie. *Die Freude.*

Vite, vite

Leysin, 1er mai 1947

Mon Boris chéri,

Que de souvenirs éveille en moi la date du 1er mai. Je respire l'enivrante odeur des premiers muguets. Je pense au temps où je me levais à trois heures du matin pour aller « boire le lait de mai », une vieille coutume de la Touraine. On se lève avant l'aube et on va à pied à la campagne où jeunes gens et jeunes filles dansent jusqu'au matin et boivent du bon vin de Touraine et rapportent de gros bouquets de muguet. Toutes les routes sont barrées par de joyeuses bandes de jeunes qui chantent en se donnant le bras. Ah, il est loin ce temps-là ! Il y a quatorze ans que j'ai foulé pour la première fois le sol français. Que la liberté me semblait douce ce jour-là. Pendant ces quatorze ans, j'ai vécu, aimé, lutté et souffert en France et pour la France. La terre de France est devenue un peu de mon bien, sa culture est la mienne et j'aime sincèrement tout ce qui est français. Et pourtant je ne suis pas encore française…

Tu veux savoir quand je préfère que tu viennes… le 14 juillet, c'est la meilleure saison…

Bruxelles, 5 mai 1947

Ma Jacky adorée,

« vite… vite », mais Jacky, tu ne me comprends pas, si j'écris cela c'est pour te rappeler de faire attention, de ne pas te surmener, de rester sage. Si je t'écris de guérir vite, c'est pour te rappeler que j'ai besoin de toi, le plus vite possible, chaque jour, chaque heure et chaque minute.

Ton passage sur le 1er mai m'a fait penser que pendant longtemps j'aimais camper, faire de l'auto-stop, dormir chez les paysans, mais en 1933 Hitler est arrivé au pouvoir, puis il y a eu Charleroi, « le pays noir » sans camarades, sans pouvoir parler… Nous devons nous rattraper en voyageant en voiture partout, *je t'emmènerai à travers toute l'Europe.*

Tu parles de la France, ça me fait penser au dimanche où je t'ai vue pour la première fois, avec un grand ruban tricolore attaché à ton lit. Tu me semblais très patriote…

J'ai vu un documentaire sur les camps. Nos morts seront-ils un jour vengés ? Les nazis devront-ils répondre de leurs crimes devant un tribunal ? Qui nous rendra un papa, une maman, un frère, une sœur, qui ?

Leysin, 5 mai 1947

Mon petit Boris chéri,

J'aimerais bien savoir de mon vivant que si je meurs, d'ici quarante ou soixante ans (!?), quelqu'un se souviendra de moi et viendra de temps en temps me rendre une petite visite sur ma tombe. Je sais, hélas, que cette guerre a fait des millions de victimes dont on ne connaîtra jamais la dernière demeure. Cela me fait songer à quelque chose : ne pourrait-on pas instituer un jour de recueillement spécial pour tous nos morts inconnus… Ce qui fait la force et la beauté des hommes, c'est qu'ils ont le pouvoir de créer. Oh, comme j'aimerais ne pas quitter cette terre avant d'avoir créé quelque chose… Laisser au monde mon souvenir, la trace de mon passage sur cette terre. Mais je crois que c'est un sentiment d'orgueil. Mais c'est peut-être en grande partie ce sentiment d'orgueil qui m'a fait tenir le coup au camp et surtout sur la route à l'évacuation. Ne pas mourir seule, au milieu de nulle part, dans l'inconnu, sans que personne ne sache jamais rien de moi.

Bruxelles, 11 mai 1947

Ma petite chérie,

C'est merveilleux que tu aies pris du poids. Je déborde de joie. Que je voudrais être déjà chez toi. Dans un mois, j'irai à la légation suisse, je remplirai les trois formulaires, et puis, une semaine, deux semaines, trois semaines et je serai là. Au revoir Bruxelles ! Bruxelles – Luxembourg – Strasbourg – Bâle – Lausanne – Montreux – Leysin. Me voilà ! Quand j'arriverai, j'aurai une petite Jacky toute joufflue !

J'aimerais, moi aussi, qu'on vienne plus

tard mettre une fleur sur ma tombe. Pour la fête des mères, j'ai pensé à ma maman, elle aurait aimé te connaître et savoir son fils heureux. Je pense à toi et compte les jours.

Ton Boris.

Leysin, 12 mai 1947

Mon petit Boris chéri,

Je veux te faire partager mon bonheur… Hier, j'ai grimpé un petit talus ; je ne sais pas si tu te rends compte de ce que cela représente pour moi de monter une pente de quarante-cinq degrés après être restée de longs mois au lit. Je voudrais pouvoir te communiquer cet instant de jouissance suprême : j'ai de nouveau assez de force pour faire des choses que tout le monde est capable de faire et que je croyais désormais inaccessibles.

Ta petite Jacky qui t'aime infiniment.

Boris s'inquiète de savoir s'ils pourront, en juillet, être seuls dans la chambre de Jacqueline, sans personne. Elle compte les jours en lisant Vercors, qui est venu faire une conférence au sanatorium universitaire. Il écoute Stravinsky à la radio, rapporte de Hollande une grande et belle photo de sa mère, la seule qu'il ait. Dommage, écrit-il, qu'on ne puisse pas, toi ou moi, se plier en quatre pour se glisser dans une enveloppe et rejoindre l'autre, comme une lettre. Jacqueline a remis, pour la première fois, une robe. « Quelle sensation merveilleuse de se sentir à nouveau un peu femme, de faire tournoyer sa jupe autour de soi en regardant l'effet produit dans le miroir… » Elle voit un film de Harold Lloyd que Boris vit lorsque à sept ans il alla pour la première fois au cinéma. Lui va regarder *Les Enfants du paradis*. Le 13 juillet, il lui écrit : « J'arrive, oui, j'arrive ! Jeudi tu pourras te jeter dans mes bras pour un long mois. »

Télégramme, 17 juillet 1947

« Arriverai à deux heures Boris. »

Boris séjourne à Leysin du 17 juillet au 17 août 1947.

Corps maternel

J'essayais d'imaginer ma mère, menue mais joyeuse, tournoyer pour voir sa jupe se déployer autour d'elle comme une large corolle. Image de ravissement.

Son corps tel que je m'en souviens n'a pas été souvent associé à la légèreté, au bien-être, à la joie de vivre. Je l'ai toujours ressenti comme un corps fragile, souffrant, cassé. Quand je me blottissais dans ses bras, sur ses genoux, avant l'âge de neuf ans, avant sa jambe raide et son absence par intermittence durant trois ans, je la sentais fébrile, à court de souffle, préoccupée. Riait-elle parfois avec moi ou était-elle toujours sérieuse ? Elle aimait me lire des histoires, m'apprendre des choses plutôt que de s'amuser. Est-ce la douleur qui l'avait tendue, rendue presque sévère, pensant sans cesse à ce qu'elle devait encore faire ? Toujours le devoir avant le plaisir. Mais le temps du plaisir arriverait-il ou les obligations l'emporteraient-elles toujours ?

La tendresse d'une mère, c'est la douceur de sa voix mais aussi de ses gestes, ses baisers, ses câlins, ses étreintes. La tendresse d'une mère, c'est son corps aimant. Le corps de ma mère s'absentait. Il semblait prisonnier de la maladie, des sévices subis là-bas, elle avait raconté un jour que la Gestapo lui avait fracassé la tête. Vinrent les accidents : un pied puis une jambe cassés au ski. Plus tard, l'été de mes neuf ans, l'accident de voiture.

Elle conduisait une petite Fiat 600 blanche, depuis quelques mois à peine. Alors qu'elle démarrait, le feu étant devenu vert pour elle, qu'elle s'engageait dans un carrefour, une conductrice en Mercedes sport, venant de sa gauche, brûla le feu rouge et emboutit violemment la légère voiture de ma mère. Après plusieurs tonneaux, celle-ci fut éjectée contre un mur. Je la retrouvai à l'hôpital, la jambe en petits morceaux. Je ne pouvais pas la toucher, le moindre geste la faisait souffrir. J'aurais tellement voulu l'embrasser, me serrer contre elle, lui donner de la force, en prendre.

C'était une vilaine fracture ouverte. Les chirurgiens tentèrent en vain de sauver son genou. Il y avait sans cesse de nouvelles complications, on lui avait malencontreusement cousu un nerf dans la cheville. La douleur ne la quittait pas. J'allais à l'école, sur le chemin, les voisins m'arrêtaient pour me demander de ses nouvelles. Je leur en donnais. Pourquoi personne ne s'interrogeait à mon propos ? Je souffrais de l'absence de ma mère mais qui s'en souciait ? Je crus qu'à neuf ans on ne devait plus pleurer. J'attendais qu'elle rentre à la maison, mais, une fois revenue, comme elle ne guérissait pas, elle repartait à l'hôpital. Elle fit le tour des médecins à la recherche d'une solution. L'été de mes douze ans, à Hambourg, un chirurgien allemand – ironie de l'histoire – lui fit une petite incision pour infiltrer une longue tige d'acier à travers toute la jambe. Huit jours après, elle pouvait enfin marcher.

Ma mère était encore une jeune et jolie femme. Après avoir perdu un poumon, elle perdait l'usage de son genou droit. Quand elle s'asseyait, elle tenait une jambe tendue devant elle. Celle-ci était plus courte, il lui fallait des chaussures compensées. On lui demandait si c'était une séquelle de la guerre. Comment a-t-elle vécu cet acharnement du sort ? Je me souviens que, quelques mois après cette ultime intervention chirurgicale, elle prit un peu de poids et avoua qu'elle ne s'était jamais sentie aussi bien depuis la guerre.

Redoublant les années de sanatorium, elle avait traversé les trois années qui suivirent cet accident de voiture avec le même courage, la même volonté de s'en sortir. Elle faisait l'admiration des médecins et du personnel infirmier. Elle gardait toujours le sourire. Elle ne doutait pas qu'une fois de plus elle serait plus forte que son corps. Je l'admirais, moi aussi, mais son moral si puissant m'écrasait. Ce n'était pas facile d'être à la hauteur d'une telle héroïne. Je me sentais coupable d'être en bonne santé, de vouloir m'amuser, de n'avoir mal nulle part. Ma mère m'encourageait à être bien sage et obéissante. Je voulais lui faire plaisir, je réussissais bien en classe, j'étais gentille avec mon père et ma grand-mère. Je ne prenais pas beaucoup de place, on ne devait pas se soucier de moi.

Quand elle revint de Hambourg, ma mère était guérie, mais je ne pouvais plus m'asseoir sur ses genoux. Je me persuadai que j'avais passé l'âge de le faire. Je devenais adolescente, mon corps se transformait. Comment devenir une jeune fille alors que celle à qui l'on doit s'identifier possède un corps mutilé ? Pouvais-je aller vers le plaisir alors que ma mère avait connu tant de souffrances, avait une identité physique meurtrie ? N'allais-je pas confondre le plaisir et la douleur ?

Un souvenir honteux me reste. J'avais peut-être dix ans, ma mère faisait une petite promenade en ma compagnie, elle me donnait le bras tout en s'appuyant sur une béquille. Je me vois encore, alors que nous nous étions arrêtées un instant, lui dérober sa béquille par jeu, puis, découvrant mon pouvoir sur elle, ne pas vouloir la lui remettre. Pendant quelques secondes, j'étais devenue toute-puissante, ma mère était à ma merci, je la tenais en otage. C'était une joie mauvaise que je découvrais dans un mélange de triomphe et de honte. Tout se déroula en quelques secondes, mais ce souvenir me poursuivit longtemps. J'avais transformé ma propre impuissance en victoire éphémère. Je lui rendis la béquille, nous poursuivîmes la promenade. Sa colère ne dura pas, elle y vit de la malice, un jeu poussé trop loin, elle me pardonna. Je m'en voulais, j'avais perçu en moi une agressivité, un désir de faire mal, un plaisir de dominer que je ne connaissais pas. Cet accident qui lui était arrivé, elle en avait été la victime, non l'actrice, cependant c'était à son égard que je ressentais de l'hostilité. De ce qui lui était arrivé à elle, je vivais aussi les conséquences. Le savait-elle ? S'occupait-on de la vie intérieure des enfants dans les années soixante ?

J'ai toujours hésité : quelle était la « mauvaise jambe » de ma mère, la gauche ou la droite ?

Comme si je ne pouvais inscrire en moi son corps dissymétrique. Je ne m'y repérais plus. Son corps devenait flou, comme s'il contenait des taches aveugles, des zones dangereuses qu'il me fallait éviter, tenir à distance. Par osmose, mon propre corps ne me semblait pas très fiable. Pouvais-je lui faire confiance, m'appuyer sur lui ? N'allait-il pas se défaire, se briser, s'épuiser ? Avais-je le droit d'aller vers la joie ou seulement vers la souffrance ? Mon destin devait-il répéter celui de ma mère ou m'était-il permis d'en tracer un autre ? Comment devenir une *femme comme elle* sans devenir comme elle ? Oserais-je marcher alors qu'elle avait perdu la marche, oserais-je respirer alors qu'elle avait perdu la respiration ? Était-ce trahir ma mère d'avoir un corps entier, un corps libre ? Je découvrais la sexualité à l'heure de la pilule, du féminisme et de la loi Veil. Mon corps m'appartenait. C'est ce que l'on proclamait dans les tracts et les rues.

Mais un pacte secret lie les filles à leur mère, il est malaisé de s'en libérer. Comment faire mieux qu'elle ? Comment lui ressembler et la dépasser ? Comment oser revendiquer ma féminité face à elle, pour toujours handicapée, à bout de souffle, mutilée, boitillante ? Comment me dégager sans honte ni culpabilité de cette image maternelle à la fois écrasée et malgré tout si puissante ?

Semblable et différente, c'est tout l'enjeu des liens mère-fille. Ne pas se laisser happer par la similitude tout en gardant une complicité. Résister aux vases communicants, aux jeux troubles et tentants du miroir. L'amour entre mère et fille est un labyrinthe dont on ne sort pas indemne, peut-être n'en sort-on jamais si ce n'est par le haut, comme Dédale lui-même s'échappant de sa propre invention en s'envolant, des ailes de cire attachées à ses bras.

Prendre son envol, s'éloigner, aller vers sa propre vie.

Pieps et Paps

Docteur, est-ce que je peux me marier ?

Lorsque l'échange de lettres reprend le 17 août 1947, leurs propos sont plus tendres, plus complices. Ils se sont inventé des petits noms qu'ils garderont jusqu'à leur dernier souffle, tels des moineaux gazouillant sur la branche : Pieps et Paps.

Ils rêvent de vivre l'un avec l'autre, de se marier, de créer un chez soi. Jacqueline feuillette des magazines de décoration, rêvant à de futurs intérieurs douillets. Boris regarde les meubles dans les vitrines des magasins. Il compte reprendre dans quelques mois le petit appartement de ses cousins. En août, ils font, chacun, à mille kilomètres l'un de l'autre, une intoxication alimentaire. L'un à cause de moules, l'autre de champignons, ils se sentent faire partie de la même famille. Le 1er septembre, Boris fête ses vingt-quatre ans. Ils lisent beaucoup (les *Buddenbrook* de Thomas Mann, *Les Chemins de la liberté* de Sartre…) et s'échangent *Notre vie sexuelle. Ses problèmes, ses solutions. Manuel pratique pour tout le monde* du docteur Fritz Kahn. Boris va très souvent au concert, il écoute tous les grands interprètes du moment : Schnabel, Szigetti, Fournier, Heifetz, Magaloff, Lipatti, Menuhin… Au cinéma, on donne *Le silence est d'or*, *Autant en emporte le vent*, *Tortilla Flat*, *Les Enfants du paradis*, *La Belle et la Bête*…

Parfois le moral fléchit, le 21 septembre 1947, Jacqueline écoute Schubert au fond de son lit : « Malgré la beauté du paysage je trouve que tout est triste et j'ai le cafard, un cafard noir. Peut-être est-ce l'adieu à cet été qui m'avait rendue si heureuse, peut-être est-ce la frayeur d'un hiver long et morne, peut-être aussi le physique chancelant qui déteint sur le moral. Je ne sais, mais c'est sûrement parce que tu es loin de moi et que je suis toute seule pour combattre la bête noire. J'ai des vertiges. J'ai l'impression que mon centre de gravité a été déplacé ou que la terre ne m'attire plus. Tu n'es pas là et j'écoute avec angoisse chaque bruit de mon corps. Je m'affole, j'ai peur de ne pas guérir assez vite, d'être loin de toi pour très longtemps. »

En octobre, ils s'émerveillent de se connaître depuis un an déjà. « Il nous reste à vivre l'un à côté de l'autre pour constituer une union parfaite, heureuse et indissoluble jusqu'à notre mort. »

Le 1er décembre 1947 (deux ans avant leur mariage), Jacqueline interroge Boris, à propos de la fête d'un couple d'amis : « Aimerais-tu te marier avec tout ce tralala ? »

Le 16 janvier 1948, elle a une conversation avec son médecin :

– Docteur, est-ce que je peux me marier ?

– Vous marier ! Quand ?

– …

– Le plus tôt possible, je suppose. Bien sûr, à condition de ne pas trop vous fatiguer, et naturellement d'éviter les grossesses.

Boris lui répond quelques jours plus tard :

« Ma Jacky, mon amour, ma poupée, mon Pieps, chérie unique et adorée,

« Ta lettre était formidable, fantastique, merveilleuse, splendide… Ta conversation avec le docteur Nicod est le clou de notre bonheur. Il te reste une année de convalescence et puis il faudra dire adieu à notre vie de célibataires. Nous commencerons une vie "Pieps et Paps". Je voudrais être une année plus vieux. Peut-être serons-nous au printemps 49 à Venise !

« Toujours à toi. »

Sa place dans le monde

Pas de grossesses, prescrivit le pneumologue, protégeant sa patiente. Comme c'est étrange de lire ces mots. Ainsi donc ne devais-je pas naître. Je savais que mon père n'avait pas souhaité d'autres enfants pour ne pas mettre en danger la santé – et la vie – de sa femme, mais je ne savais pas que toute grossesse avait été écartée à l'origine. Ma conception n'allait pas de soi. Ma naissance ne venait pas seulement après des millions d'assassinats – près d'un million et demi d'enfants nés juifs –, elle survenait comme un risque vital pour ma mère. Elle aimait à me raconter qu'elle était allée consulter un grand professeur en obstétrique, qui l'avait rassurée, et lui avait promis de l'aider à mener à bien sa grossesse, si elle était décidée. « Vous le voulez, cet enfant, ne craignez rien, je m'en occupe ; tout se passera bien. »

Souvent j'ai regretté les frères et sœurs qui ne sont pas nés après moi, mais j'étais fière de savoir que j'avais été désirée. L'amour qu'on a reçu dans sa petite enfance ne disparaît pas, il nous donne une force au fond de soi qui ne peut jamais être vaincue. Malgré tous les reproches que je pouvais et pourrais encore faire à mes parents, je leur dois, à tous les deux, d'avoir été aimée. Même fort, même mal, mais aimée. Sur la partition de notre histoire ne s'effacent pas les étranges détours de l'inconscient de nos parents. Nous avons été modelés autant par ce qu'ils ont voulu nous transmettre que par ce qu'ils nous ont transmis à leur insu. Une généalogie inconsciente, sur plusieurs générations, nous traverse. Nous portons, souvent sans nous en douter, des blessures venues de nos ascendants, d'anciennes missions, de lourds secrets. Il ne nous est pas toujours donné d'en éclaircir les ombres, d'en dénouer les liens. Nous faisons notre vie cahin-caha, et à réfléchir à l'histoire de nos parents, de nos ancêtres, nous parvenons parfois à ne pas répéter leurs destins, mais à nous en échapper en partie. À faire un pas de côté.

À ma naissance, ma mère demanda le sexe de l'enfant. « Oh, une fille ! » répliqua-t-elle d'un air déçu, désappointée. « Mais elle est si jolie », répondit mon père. Ma mère, dont les espérances avaient été trompées, surmonta sa déception, mais je sentis toujours que je ne pourrais jamais la satisfaire. Lorsque je vidais la maison de mes parents, je trouvai un petit agenda. Au milieu de nombreuses pages demeurées vides se trouvait une phrase isolée : « Mon mari me reproche d'être une femme impossible à combler. » Cela datait des années soixante. Je me sentis affreusement indiscrète. Je jetai aussitôt ce petit carnet de cuir jaune, gênée d'être prise en flagrant délit d'indélicatesse. Demeura la phrase, elle ne me surprenait pas. Elle me laissait entrevoir que mon père avait ressenti que son épouse n'en avait jamais assez, qu'elle en voulait toujours davantage. Pourtant, je fus témoin des mille et mille attentions qu'il lui prodigua. Il me sembla parfois que c'était une cage dorée où ma mère perdait petit à petit son autonomie, mais cela fut sans doute vrai dans les dernières années de leurs vies. Car ma mère était une femme puissante – elle avait la force de sa fragilité – qui ne se laissait pas facilement diriger, bien qu'elle attendît de son mari qu'il modère ses enthousiasmes, qu'il tempère ses excès. Ils formaient un vrai couple, avec son partage des rôles. L'un se devait d'assagir, l'autre de stimuler.

Enfant unique, peu de famille autour de nous : le cercle était étroit. Il n'y avait qu'eux et moi. Un monde à trois. J'étais enfermée. Je m'échappais en faisant du patin à roulettes avec des amies ou seule, je me racontais mille contes. J'étais une danseuse étoile sur la scène de l'Opéra ou du Bolchoï. Je m'appelais Galina Oulanova. Je découvris le monde des livres avec fascination et reconnaissance. Je m'étais trouvé une terre de salut, des amis fiables, toujours disponibles. L'été de mes sept ou huit ans, je reçus d'une tante d'Amérique cinq dollars, une fortune. Je demandai à ma mère d'aller dans une librairie. Comme elle croyait mon apprentissage de la lecture encore fragile, elle me proposa de choisir un seul volume. Mais j'étais sûre de moi, déterminée, je voulais lire, je voulais beaucoup de livres. Je savais que, pour cinq dollars, je pouvais avoir au moins cinq ouvrages, je ne supportais pas l'idée d'en être privée. Ma mère, surprise par ma détermination, céda. Je reçus mes cinq premiers livres de la comtesse de Ségur, femme de lettres française née en Russie, ce qui ajoutait à son charme à mes yeux : *Les Petites Filles modèles*, *Les Vacances*, *Les Malheurs de Sophie*, *L'Auberge de l'ange gardien* et *Un bon petit diable.*

Je commençai à lire cet été-là et ne m'arrêtai plus jamais. Je me jetais sur mon lit avec volupté, je lisais toute la journée, même tard le soir, sous mes couvertures, à la lumière d'une lampe de poche. L'été de mes neuf ans, je préférai lire au lit, un matin, plutôt que d'accompagner ma mère en ville, pour acheter un cache-pot. C'est ce jour d'août qu'elle eut son grave accident de voiture. Je me suis toujours demandé ce qui serait arrivé si j'avais été présente. Serais-je morte ? Ma mère aurait-elle été moins blessée ? Je me sentis longtemps coupable de l'avoir laissée seule, comme si j'avais pu lui éviter son accident. L'idée ensuite me poursuivit que je pourrais, au même âge qu'elle, avoir, à mon tour, un accident grave. Je mis beaucoup de temps à me décider à conduire, mon père m'en dissuada autant qu'il put, arguant absurdement que c'était difficile de trouver une place de parking. Heureusement, lorsque j'eus vingt ans, un ami, à qui j'avais raconté cette histoire, m'offrit symboliquement un porte-clés. Il me le tendit en déclarant que l'on trouve toujours une place pour se garer puisqu'il y a pour chacun une place dans ce monde.

Albert Camus

Le 4 février 1948, à seize heures trente, Albert Camus, venu rendre visite à Michel Gallimard au sanatorium Grand Hôtel, donna une petite conférence pour les malades à la demande du médecin. Jacqueline le raconte dans une lettre datée du lendemain :

« Camus est un type de trente-deux, trente-trois ans, extrêmement sympathique et de manières très simples. Il parle sans emphase, en copain, en égal. Personne n'était intimidé pour lui poser des questions ou lui porter la contradiction. Déjà extérieurement il est très simple, vêtu d'un pantalon de ski gris, pullover sur chemise de l'armée kaki et dont le col ouvert laissait apparaître une écharpe de laine jaune. Nous étions une vingtaine de personnes, réunies au 115, notre salon, et certains posaient à tour de rôle des questions à Camus, auxquelles il répondait toujours longuement et de bonne grâce. Il nous a raconté qu'il avait été élevé en Algérie. Avant d'être écrivain, il a été acteur et a interprété des classiques dans de petites villes nord-africaines à quatre-vingts francs le cachet par jour. Plus tard, il a fait du journalisme et s'est occupé de reportages criminologiques. À ce propos il nous a raconté une petite anecdote. Se trouvant à un procès où on jugeait un type pour collaboration, il s'est enfui après la deuxième séance parce qu'il commençait à prendre l'accusé en sympathie. Il est en principe contre toute violence et cherche à faire le moins de mal possible. Il est résolument contre la peine de mort et nous a dit à ce propos en riant : “Je ne me serais pas risqué à proclamer cela avant le procès de Nuremberg !” Il n’est ni marxiste, ni catholique. Il est difficile de raconter ici cette causerie, qui était plutôt une discussion amicale entre camarades. D’ailleurs, à la fin, il nous a dit qu’il a horreur de donner des conférences et qu’il n’a accepté de venir bavarder avec nous que parce qu’il connaissait l’origine des malades du Don-Suisse, et qu’il venait discuter en camarade avec des camarades. À propos des élections, Camus disait : “Je vote socialiste. Ils sont aussi bêtes que les autres mais moins méchants !”

« On lui a demandé quel est le livre qu’il préfère, sur quoi il a répondu : “Le prochain !” J.-L. Barrault lui a demandé de faire les dialogues pour une pièce de théâtre dont il a eu l’idée. Mais Camus dit que rien n’est plus difficile à écrire qu’une pièce de théâtre et qu’il a du mal à y arriver. Il nous a encore dit que son idéal serait d'avoir une petite maison au bord de la mer et de pouvoir prendre un bain tous les matins. Il nous a confié encore qu'il lisait des manuscrits pour Gallimard et j'ai regretté de ne pas en avoir un à lui donner.

« En conclusion, je pense que Camus est un type très sympa, bon écrivain, mais un homme qui cherche à traverser la vie avec un parapluie de crainte de se mouiller… »

Désir de coïncidence

À l'adolescence, j'ai adoré Camus, ses romans, ses essais, ses pièces de théâtre. Je me souviens des heures de lecture passionnées passées en sa compagnie, des interrogations qu'ouvraient ses livres : le mal, l'oppression, la différence... J'étais fière que ma mère l'ait rencontré ; je ne savais pas avant d'avoir lu la lettre où elle le décrit qu'elle ne l'avait pas trouvé très courageux. Un écrivain doit-il être à l'image de ce qu'il écrit ?

À ce lecteur de Gallimard, ma mère reconnaît qu'elle se serait réjouie d'avoir un manuscrit à remettre. Elle m'a souvent avoué qu'elle aurait voulu écrire. Elle accomplit ce vœu à l'extrême fin de sa vie ; elle rédigea une centaine de pages pour raconter son enfance, qu'elle dédia à sa petite-fille. Aurait-elle écrit si elle était restée dans le milieu intellectuel qui était le sien avant son arrestation à Grenoble ? Elle voulait faire des études de droit après la guerre. Sa vie prit un autre cours. Sans doute a-t-elle déposé en moi son désir d'écrire. Je ne pense pas qu'elle souhaitait devenir romancière. Elle s'intéressait à l'histoire, à l'histoire des religions, à la politique. Peut-être aurait-elle rédigé des essais, des ouvrages de sciences humaines. Il n'est pas impossible d'imaginer qu'elle aurait pu écrire un livre de témoignages, comme tant d'autres l'ont fait, au retour de déportation. Elle n'écrivit jamais ces pages que j'aurais aimé lire. Mon père s'y serait opposé. Après sa mort, elle en parlait comme d'un projet, mais, par fidélité à son mari peut-être, elle ne le mit jamais à exécution.

Dans une autre de ses lettres, je vis qu'elle avait lu *David Golder* d'Irène Némirovsky, récit qui me laissa une vive impression mais que ma mère détesta. Lorsque je découvrais ainsi nos désaccords, nos différences, nos sensibilités parfois opposées, je lui en voulais. En revanche, en lisant les lettres de mon père, je me chagrinais moins de nos contradictions. L'altérité était plus supportable. Avec ma mère, j'aimais la proximité, l'accord, la ressemblance. Vieux fantasme de fille qui voudrait se confondre avec sa génitrice, être adoubée, faire corps avec elle, passer un pacte d'amour absolu. Rêve de coïncidence impossible et mortifère auquel il est pourtant si difficile de renoncer.

Noir sur blanc, ma mère rédigea ses lettres telle qu'elle était, ni meilleure, ni pire, en toute sincérité. Elle aimait me réciter un poème de Prévert qui commence par ces vers :

> Je suis comme je suis –
> Je suis faite comme ça

Liberté

Le 11 février 1948, après avoir examiné sa radiographie, le médecin décide d'enlever le drain qui rattachait Jacqueline en permanence à une machine.

« Tu te rends compte, il y a plus de deux ans que j'avais un fil à la patte et je me sens toute drôle sans drain. Je le cherche tout le temps et le bruit de l'eau qui coule me manque. Ma chambre est d'un calme inaccoutumé. Mais malheureusement il ne suffit pas d'enlever le drain, il faut encore que la plaie se ferme et que le liquide se tarisse. Depuis hier soir je suis quasi muette car je n'ai pas le droit de parler. Il faut éviter le moindre effort au poumon. Si tu me voyais tenir des conversations avec Miquette ou Mlle D. en langage de sourds-muets, tu t'amuserais royalement. Je suis descendue à la scopie et, après m'avoir regardée, Nicod m'a enfoncé une aiguille de pneumo entre les côtes pour m'enlever un peu d'air et un peu de liquide. J'aime mieux te dire que ce n'est pas drôle du tout. Il paraît qu'il va recommencer l'opération journellement pendant quelque temps, puis tous les deux jours, et ainsi de suite, en espaçant toujours un peu plus. Il m'a dit que si c'était trop douloureux il ferait à chaque fois une anesthésie. Il pense qu'au bout de quinze ponctions l'affaire sera classée. "Vous partirez guérie au mois d'avril !" ont été ses derniers mots. Chéri, pense très fort à moi tous les soirs vers six heures.

« Je viens de lire des contes de Maupassant,

c'est très amusant et spirituel. Maintenant j'ai commencé à lire *Le Songe d'une nuit d'été*.

Que ce sera donc chic quand on pourra s'endormir chaque soir dans les bras l'un de l'autre !

« Il faut d'abord que j'aie du courage pour supporter les ponctions du docteur Nicod. J'ai bien résisté aux tortures de la Gestapo et là, les souffrances étaient toutes gratuites. (Si N. savait que je le compare à la Gestapo…) »

Jacqueline et Boris espèrent se retrouver à Genève pour trois journées, à Pâques. Boris n'obtient pas le visa français de transit, leur déception est grande. « C'est rageant, écrit Jacqueline le 27 mars 1948, parce que nous sommes à la merci d'un sale chiffon de papier. Oui, chéri, nous sommes des êtres humains de second ordre. Des hors-la-loi ! Et dire que j'ai lutté corps et âme pour conquérir cette liberté que j'estimais le bien le plus précieux de la terre ! »

Ventriloque

Je me souviens que ma mère avait sur le côté, gauche ou droit je ne sais plus, un petit morceau de chair en spirale, un peu comme un nombril, trace du drain qu'elle avait gardé deux ans durant. Étrange marque, une de plus sur son corps défait par la guerre, la maladie, les accidents.

Le corps de la mère, c'est la première géographie, le pays d'où l'on vient. Pays de l'absence pour le nourrisson que je fus. Une femme qui avait eu la tuberculose ne pouvait pas rester près de son nouveau-né. Les médecins craignaient que la grossesse ne réactive le bacille de Koch chez la mère ; ce péril écarté, ils se souciaient de la santé de l'enfant, le tenaient en quarantaine pour lui éviter les éventuels germes de la tuberculose. Tel fut mon sort. Ma mère, m'ayant mise au monde, partit se reposer, me laissant à la maternité du 15 juillet au 5 septembre.

Les premières photos où l'on voit ma mère me tenant dans les bras m'ont toujours gênée, troublée, car ma mère y portait une blouse blanche d'infirmière. Le lui avait-on recommandé ? En avait-elle pris l'initiative ? Était-ce justifié ? Voulait-elle être « stérile » pour nous protéger des microbes ? Était-elle restée trop longtemps dans un milieu médical ? Elle paraissait presque effrayée d'avoir un tout-petit dans les bras, elle se tenait très droite, le torse raide, en retrait, l'air de penser que c'était une trop grande responsabilité pour elle, une charge au-dessus de ses forces. Les photographies de la même époque avec mon père sont détendues, joyeuses, complices. Il semble parfaitement à l'aise, comme s'il pouvait à la fois assumer d'être devenu père et, par empathie, redevenir un bébé lui-même. Ma mère n'avait pas cette capacité, elle prenait son rôle très au sérieux, trop au sérieux. Elle a l'air si solennelle... Plus tard, l'aisance vint, mais elle garda longtemps un maintien guindé. Peut-être était-ce sa manière de se faire photographier...

J'ai dû rassurer ma mère, lui prouver que j'étais un bébé en bonne santé, les joues pleines et le regard vif, pour qu'elle cesse de s'inquiéter. Un tout petit enfant sent très tôt comment répondre aux désirs de ses parents. Osmose précoce qui anticipe peut-être une perception plus vive aux besoins des autres, une acuité particulière à la détresse d'autrui. C'est l'enfant qui fait de sa génitrice une mère. Pour elle, je devais grandir le plus rapidement possible, non pas jouer ou chanter, mais parler et très vite lire, discuter avec elle de philosophie, de politique ou de religion. Lui réciter des poèmes. Elle me racontait qu'avant la guerre, elle avait une amie à qui elle tressait les cheveux pendant que celle-ci lui déclamait Baudelaire ou Apollinaire. Lorsqu'elle voulait me faire particulièrement plaisir, elle me préparait des crêpes, dorées, fines aux bords dentelés, les meilleures du monde. Jamais personne n'a égalé sa mousse au chocolat, ni ses gâteaux aux fraises.

Je cherchais avec elle une complicité tout comme elle en cherchait une avec moi. Bousculant l'ordre des générations, elle souhaitait être une amie. Elle aimait me faire part de ses découvertes, me lisait des extraits des *Pensées* de Pascal, ou de la *Vie de Jésus* de Renan. Lors de vacances passées à deux au bord du lac de Locarno, alors que j'avais douze ou treize ans, je me souviens qu'elle me lut chaque soir quelques pages de *L'Aventure de la pensée occidentale* de Bertrand Russell.

Ces livres sont aujourd'hui dans ma bibliothèque.

Ma mère avait perdu le milieu stimulant de sa jeunesse, n'en avait pas recréé un nouveau après son mariage. Elle demeurait fort isolée dans sa nouvelle patrie. Les femmes des amis de son mari n'étaient pas devenues ses amies. Elle n'avait pas de confidente, personne à qui se raconter, avec qui discuter de tout et de rien, personne avec qui échanger des idées, des sorties. Elle était extrêmement solitaire, s'occupant de son intérieur, faisant des courses, lisant, écoutant la radio en cousant pendant de longues heures. Elle vivait dans un monde autarcique, elle se suffisait à elle-même. Entre son mari, sa mère et sa fille, elle poursuivait sa vie sur un mode mineur. Quand, plus tard, j'amenai à la maison des camarades d'université, elle discuta avec eux, prise d'un élan d'enthousiasme qui avait été le sien autrefois, mais que je ne lui connaissais pas.

Ai-je été, à sa place, vers le monde des livres et des idées ? Ai-je écrit pour elle ? A-t-elle vécu par procuration à travers moi ? Étais-je devenue son ventriloque ? Sa marionnette ?

Bien sûr, nos choix appartiennent autant à notre inconscient qu'aux hasards de la vie, aux rencontres que nous faisons. Ma vie s'est tissée au travers des attentes de mes parents comme au travers de mes propres désirs, mais d'où viennent ceux-ci ? Qu'est-ce qui nous appartient en propre ? Sommes-nous libres de nous-mêmes ou n'y a-t-il qu'un peu de jeu, un peu de lest, qui nous soit dévolu ?

Lettres perdues

La cent cinquantième lettre

La cent cinquantième lettre de Boris est datée du 1er mai 1948. Il n'y a plus trace des lettres suivantes jusqu'au 2 octobre 1949. Où ont-elles disparu ? Ma mère les a-t-elle égarées lors d'un déménagement ? Les lettres de mon père numérotées de 151 à 299 n'existent plus, un grand vide. Rien. Ces lettres de mon père me manquent, comme sa présence me manque. Sa compagnie épistolaire, je m'y étais habituée, elle me consolait. J'aimais ouvrir une à une ces missives confiées à la poste, toujours joliment timbrées. Déplier les feuilles de papier, reconnaître l'écriture si caractéristique de mon père, ses petits dessins tellement vivants et pleins de gaieté. Chaque enveloppe était comme une petite valise dans laquelle étaient glissés des coupures de journaux, des programmes de concert, des photographies, des petits mots supplémentaires, des échantillons de tissu… Ses lettres me faisaient plaisir – autrement qu'elles firent le bonheur de ma mère pendant plus de trois ans. Elles étaient un baume sur mon cœur, une manière de le retrouver, de reconnaître son humour, ses tournures de phrases, ses expressions, les maladresses de syntaxe ou d'orthographe… Tout me faisait plaisir à lire. J'aimais aussi ses défauts.

Je me mis à lire les seules lettres de Jacqueline, imaginant celles de Boris. Ce n'était pas pareil. J'en voulais à ma mère d'avoir perdu ces précieux courriers. Cela ne lui ressemblait pourtant pas. Que s'était-il passé ? Je ne le saurai jamais. Peut-être était-elle elle-même désolée de ne plus les retrouver. Combien de fois ces lettres furent-elles relues pour apprivoiser l'absence, l'éloignement, le manque ?

Une lettre est un message jeté dans l'espace ; par train, bus, avion, puis dans la sacoche du facteur, elle entreprend un long voyage pour aboutir jusque dans la main fébrile qui l'attend. N'est-ce pas merveilleux de pouvoir confier à des inconnus, une longue chaîne de fonctionnaires de la poste, une missive chargée d'amour qui trouve ainsi son destinataire ? C'est une belle histoire de confiance. Soixante ans plus tard, elles sont là, le cachet de la poste faisant foi de la date. Et du lieu de départ. Leysin, Davos, Bruxelles.

Écrire une lettre, c'est se confier à un autre qui n'est pas là. L'espace de la lettre ouvre un espace intérieur, un moment de réflexion, de méditation, une ouverture vers l'inconnu de soi. Il y a une immense liberté possible dans la rédaction d'une lettre. On est avec soi tout en pensant à l'autre lorsqu'on l'écrit. On est avec l'autre tout en étant seul lorsqu'on la reçoit. Échanges différés dans le temps. Ce qui s'écrit dans l'instant – l'impulsion du moment, lorsqu'on vient par exemple de recevoir une lettre et qu'on achève à peine de la lire – sera lu quelques jours plus tard, parfois une semaine lorsque le courrier prend du retard, parfois seulement quelques heures, une nuit, lorsque la poste a été zélée, qu'un concours de circonstances favorables a fait cheminer la lettre par un train de nuit et qu'elle arrive déjà dans la boîte au petit matin.

Une grande partie du contenu de la correspondance ne parle que de l'attente du courrier. « J'attendais ta lettre depuis deux jours, elle est enfin arrivée. J'étais si anxieux, j'allais sans cesse voir la boîte aux lettres, toujours rien… »

À côté des lettres, il y a le monde des

cartes postales : des reproductions de tableaux (Rembrandt, Van Gogh), des vues de ville (Genève, Bâle, Zurich, Tours, Paris…) et quelques cartes humoristiques et tendres de l'illustratrice anglaise Mabel Lucie Attwell.

C'était le temps – impossible à imaginer aujourd'hui – où le facteur venait au moins deux fois, voire trois par jour faire sa tournée, y compris le samedi. Si rien n'était arrivé lors de la première tournée, on pouvait espérer que la seconde allait récompenser l'attente. Les lettres ne mettaient souvent que deux jours à parvenir à destination. On pouvait à peu près compter dessus. Alors, quand rien ne survenait dans la boîte aux lettres, l'inquiétude s'annonçait. Est-il arrivé quelque chose ? Une maladie ? Un accident ? Le téléphone était cher, tout le monde ne l'avait pas chez soi. Les appels à l'étranger se faisaient par une opératrice, il fallait parler fort, cela brisait toute intimité. Difficile de parler d'amour en criant. Il fallait attendre le facteur.

Verbania

En juillet 1948, Jacqueline quitte le sanatorium Grand Hôtel de Leysin pour celui de Davos, Mon Repos. Elle écrit : « Des médecins de Leysin je garderai toute ma vie un souvenir de profonde reconnaissance et d'estime. »

À l'occasion de ce déménagement, les deux amoureux font un petit tour de Suisse. Ils se promènent au bord du lac Majeur. Dans la lettre du 22 juillet, au moment de leur séparation, apparaît un mot en lettres capitales, *VERBANIA*, tel un code secret entre eux. Est-ce le nom d'un lieu de villégiature sur le lac Majeur ou celui d'un hôtel ? Quelques lettres plus tard, une enveloppe contient la photographie prise à l'hôtel Verbania à Locarno. Est-ce là qu'ils se sont donnés l'un à l'autre pour la première fois ? Je n'en saurai rien et n'en veux rien savoir. Ce secret leur appartient.

Allongée sur son lit de cure, au grand air, sous une masse de couvertures, Jacqueline raconte son nouvel environnement. Elle dort dans une chambre à quatre lits, décore son coin de cartes postales de Van Gogh et de Modigliani, de mille petites choses personnelles pour se sentir un peu chez elle. Une compagne vient la rejoindre, une Berlinoise d'origine polonaise, Bacia, qui parle le yiddish. Au fil des mois, elles vont devenir amies, « c'est un cœur en or », mais au premier abord Jacqueline ne se sent aucune affinité avec celle-ci. Elle confie à Boris : « Je n'ai rien de commun avec ces gens, ni la langue, ni la culture, ni la mentalité. Une seule et unique chose m'unit à eux : la *souffrance*, souffrance due à notre persécution commune. »

Je savais que les Juifs allemands, très assimilés à la culture européenne, se considérant généralement comme plus Allemands que Juifs, avaient toujours éprouvé un sentiment de mépris et d'incompréhension pour les Juifs polonais, profondément inscrits dans une culture juive traditionnelle. Jacqueline ne rêvait ni de partir sur l'*Exodus* rejoindre la Palestine britannique, ni de vivre dans une communauté fermée. L'aspiration sioniste à un État pour les Juifs ne faisait pas partie de son horizon. L'idée même la révoltait. La souffrance qu'elle avait éprouvée, en tant que juive, au camp, lui donnait plus que jamais le désir de se fondre parmi tous les humains. Elle cherchait à s'assimiler, non à se différencier. Elle sentait pourtant une certaine solidarité avec son peuple, mais ne le reconnaissait pas volontiers. Ses idées et ses sentiments étaient ambivalents. Elle acceptait et refusait sa judéité. Elle voulait s'assimiler, mais hésitait à voir disparaître complètement ses origines. À la fin de sa vie, elle écrivit pour sa petite-fille ses souvenirs d'enfance à Cologne et dans la paisible campagne rhénane. J'y découvris que ses grands-parents lui avaient offert un foyer chaleureux où brillaient tous les vendredis soirs, et lors de toutes les fêtes du calendrier juif, les bougies traditionnelles. Ses premières années avaient été bercées par cette ambiance. Elle gardait pour sa grand-mère, qui l'avait en partie élevée, un amour immense et reconnaissant. Elle en parlait comme d'une femme intelligente, sensible et forte qui travailla toute sa vie comme modiste, menant de main de maître sa boutique de chapeaux. Elle lui avait donné une maxime qu'elle appliqua elle-même toute sa vie : « Ce que des mains humaines peuvent faire, d'autres mains peuvent le faire également. »

Avortement

De la fin du mois d'août à la mi-septembre 1948, les lettres portent des timbres français et le cachet de la poste indique Tours, Indre-et-Loire. Il semble que Boris et Jacqueline se soient rencontrés quelque part entre Bruxelles et Paris, peut-être à la frontière seulement, parce que Jacqueline n'a pas reçu de visa pour la Belgique. Les lettres ne sont pas très claires à ce propos.

Son courrier est fébrile, elle se sent nerveuse, fatiguée, elle a des vertiges et des maux de tête. C'est la première fois qu'elle retrouve l'appartement où elle a vécu jusqu'au début de la guerre. Le souvenir de son père décédé est partout, elle en est très troublée. C'est la première fois aussi depuis son retour de déportation qu'elle est « dans la vraie vie », hors d'un hôpital ou d'un sanatorium pour tuberculeux. Elle ne se sent pas encore de taille.

Le 27 septembre, de retour dans son lit, à Davos, elle fait allusion à une rencontre avec Boris qui aurait eu lieu à B., puis à un autobus qui l'aurait conduite à Mouscron, où un dénommé Julien l'a aidée à passer clandestinement la frontière franco-belge. Dans la voiture, l'homme lui montre un article de journal sur la vaste opération de police qui avait eu lieu la veille et l'avant-veille au poste de douane, il lui fait peur et en profite pour augmenter ses tarifs. Elle devient blême, paye sans discuter, soulagée d'être arrivée sans difficulté en France. Une coupure de presse à ce sujet est glissée dans l'enveloppe.

La lettre du 6 octobre, la deux cent dixième,

porte l'empreinte des lèvres de Jacqueline teintées de rouge à lèvres. Trace émouvante d'un baiser confié à la poste. Boris y a-t-il appliqué ses lèvres à son tour ?

Le 16 octobre, quelques phrases laissent deviner un secret : « Je crois que je suis un peu abattue moralement, et le fait que je ne puis confier mes craintes à personne me ronge intérieurement. Mon chéri, mon amour, mon tout-au-monde, je ne voudrais te causer aucun chagrin. Je regrette déjà de t'avoir dit tout cela. » Le 18, elle note : « Plus que deux mois avant de nous revoir. Pourvu que tout le reste s'arrange d'ici là. » Le 20, elle écrit : « Tout dépendra de l'évolution "de la situation". Chéri, que tu es bête de me demander si je t'en veux. Voyons ! Bien sûr que non, nous sommes aussi responsables l'un que l'autre. Je constate seulement que le métier de femme n'est pas des plus faciles… D'ailleurs il n'y a pas de quoi te mettre la tête à l'envers. Tout s'arrange dans la vie. Le tout c'est de trouver le moyen qui affectera le moins ma santé. Pour l'instant tu ne peux absolument rien faire pour moi. Si, une seule chose, m'écrire de très gentilles et réconfortantes lettres. Car sans tes lettres, je ne pourrais vivre. Ce sont elles qui me donnent le courage nécessaire pour envisager la situation avec optimisme. Voici ce que je pense faire. D'ici une dizaine de jours environ, j'irai voir un médecin au-dehors. À ce moment-là il sera possible de constater la chose d'une façon certaine. Je lui expliquerai mon état de santé et je lui demanderai conseil. En tout cas il sera encore temps de le faire fin décembre et j'avoue que je préférerais que tu sois auprès de moi. En attendant, ne te fais pas trop de soucis, mon chéri. Cela arrive à tout le monde, il faut se dire que c'est ainsi et pas autrement. Tu sais combien je t'aime, et je prends tout cela avec philosophie, sachant que tu m'aimes beaucoup, toi aussi. Nous sommes donc toujours deux pour partager nos peines, comme nous sommes deux à être heureux. »

Le 27 octobre, Jacqueline confie à Boris : « J'attends avec une impatience folle la conclusion de cette visite (chez le médecin). Tu l'imagines aisément. Si notre petite étoile voulait seulement briller bien fort ce jour-là ! Je pense que cette lettre te parviendra juste à temps pour que tu puisses penser très fortement à moi, pour nous porter chance. Ce n'est pas de la superstition, mais, sachant qu'en pensée tu es avec moi, j'aurai plus d'assurance et de courage. Embrasse-moi, chéri… »

Davos, 30 octobre 1948

Mon amour de Paps, mon Boris,

Samedi quatorze heures. Bonjour chéri !

Embrasse-moi bien bien fort, puis... je vais te dire une bonne nouvelle dans le creux de l'oreille. Mais commençons par le commencement. Hier soir je suis allée à la poste pour téléphoner au docteur. Il m'a donné rendez-vous pour ce matin neuf heures trente. Hier soir, avant de m'endormir, je pensais : si seulement notre petite étoile voulait bien briller très fort pour moi cette nuit et que demain matin je n'aie pas besoin d'aller chez le médecin. Et ô miracle, mon désir est devenu réalité. Oui, parfaitement ! J'étais tellement heureuse ce matin, tu ne peux imaginer combien. Laisse-moi me jeter dans tes bras et te dire combien je t'aime... Oh ! tellement, chéri, tellement fort ! Vive la vie, vive la joie et l'amour !

Envoyée par avion, l'enveloppe de cette deux cent vingtième lettre fut déchirée à la hâte par Boris impatient.

Jacqueline craignait d'être enceinte ; elle savait, bien sûr, qu'un avortement thérapeutique était légal pour une jeune femme atteinte de la tuberculose. La perspective ne lui plaisait pas, mais elle était prête à s'y résoudre pour préserver sa santé.

Je joue avec les idées. Ainsi donc aurais-je pu naître plus tôt que prévu. Qu'est-ce que cela aurait modifié dans mon histoire ? Nul ne le sait. D'ailleurs, serait-ce « moi » qui serais née ? Étrange pensée : un garçon aurait pu voir le jour, comment aurais-je été en version masculine ? Cela donne le tournis d'imaginer que « je » aurait pu être une autre, un autre. Ou serais-je née après un premier enfant ? La rencontre entre un spermatozoïde et une ovule n'était pas pour ce jour-là. L'inquiétude était sans objet. Ma naissance attendait encore son heure.

Le 2 novembre 1948, Jacqueline note que sa lettre est la deux cent vingt et unième et que la dernière de Boris est la cent quatre-vingt-dix-neuvième ! Deux cents lettres échangées de part et d'autre en deux années. « Nous sommes déjà un vieux couple. Mais nous nous aimons chaque jour davantage. »

L'idée d'un mariage trotte dans leurs têtes. Jacqueline rêve d'être enfin avec Boris dans un petit nid à eux, partant à deux au concert ou allant à l'école du soir apprendre des langues étrangères.

« Je ne sais pas, peut-être que je me fais des illusions et que le mariage amène d'autres soucis. Mais pour l'instant je me plais à imaginer une vie un peu féerique, une vie d'enfants gâtés, qui peuvent faire tout ce qui leur plaît, sans avoir besoin de demander l'avis à qui que ce soit, à aucun parent, à aucun médecin, à personne, ne cherchant qu'une seule chose, le bonheur l'un par l'autre. » Elle se sent faite pour « le grand jeu de la vie ». En attendant, ils rêvent de se retrouver quelque part pour la Noël, mais trouver une chambre à louer n'est pas facile « *because we are not married* » (13 novembre 1948).

Novembre, décembre. Les semaines passent lentement, d'une lettre à l'autre, la vie est suspendue. Côté médical, on ponctionne son poumon malade et on lui injecte de l'Aminacyl. Elle grossit trop lentement. On lui prescrit du foie de morue et de la crème fraîche.

La santé de Jacqueline s'améliore. Elle raconte, au jour le jour, la vie au sanatorium, les complicités, les tensions entre camarades d'une même chambre, les permissions ou les refus de sortir donnés par le corps médical, les distractions au cinéma, les courses, la distribution anxieuse du courrier, le menu des repas, les petites fêtes à l'occasion d'un anniversaire, le départ des malades guéris…

Le 12 mars 1949, Jacqueline fête ses vingt-huit ans en espérant que, le prochain anniversaire, elle le fêtera avec son « gentil mari ». Les jours passent, c'est à nouveau l'attente des visas pour que Boris puisse, encore une fois, la rejoindre en Suisse.

Le 22 juin, Jacqueline écrit à la nouvelle adresse de Boris, là où ils vivront au début de leur mariage. Le 2 juillet, elle avoue à Boris qu'elle n'a pas encore osé demander au médecin-chef la permission de partir en voyage cinq jours plus tard. Elle attend la dernière minute, persuadée qu'il ne pourra pas refuser. « Dernière instruction au bout du fil mardi soir. »

En juillet, les amoureux passent une vingtaine de jours à Locarno. Dès son retour, Jacqueline rêve qu'elle est déjà à Bruxelles, qu'elle achète des petits pains pour leur petit déjeuner…

La trois centième lettre – du 6 août 1949 – commence par ces mots : « Boris, mon amour, mon désir, ma foi et ma lumière. » Le 24 août, elle s'inquiète : « Devrai-je avoir une robe de mariée… ? Et toi, un smoking ? » « Ce n'est plus tout de même comme au temps de nos grands-mères. On ne va pas préparer son trousseau pour toute sa vie. Évidemment je comprends fort bien qu'il faille faire quelques concessions à ton entourage… » Le 10 septembre : « D'accord pour le mariage en bleu, je trouve cela très chic. »

Il n'est pas impossible que les amoureux se soient revus au cours du mois de septembre. Dès leur séparation, Jacqueline note que c'est à nouveau « régime baisers en papier », mais, désormais, elle sait que le but est proche. Elle se prépare à quitter le sanatorium de Davos pour Tours. Le mariage est prévu pour la fin de l'année, novembre ou décembre. Pour emporter les nombreuses affaires qu'elle a accumulées depuis trois ans et demi, elle se fait confectionner une grande caisse avec charnières, serrure et cadenas.

Littérature « de grenier »

Voici presque dix mois que je lis et relis les lettres d'amour de mes parents, déposant mes propres mots, brodant mes analyses, mes méditations, mes souvenirs, sur leur correspondance. Pudiquement d'abord, m'enhardissant petit à petit. Les associations défilent : de doux moments reviennent à ma mémoire, de plus sombres harmoniques se font entendre. Je suis prise sans cesse dans un double mouvement. Tendresse et mélancolie d'un côté, douleur et chagrin de l'autre. J'oscille. Au fil des mois, ils viennent me rendre visite dans mes rêves. Dans l'un d'eux, je leur montre avec inquiétude mon livre *Comment j'ai vidé la maison de mes parents.* Ils hochent légèrement la tête, en signe d'approbation. Vais-je rêver une nuit qu'ils découvrent ces pages-ci ? Seront-ils indulgents ou mécontents ? Ai-je besoin de leur tacite soutien ? Suis-je dégagée de leur emprise ? Tenir la plume (même si elle est devenue électronique), n'est-ce pas toujours une image de liberté ?

Combien de tiroirs, de coffres, d'armoires, de malles au fond d'un grenier regorgent de lettres jaunies, entourées d'un ruban de satin rose, bleu ou rouge, oubliées depuis longtemps, tenues pieusement fermées, gardées sans être lues, par respect, par pudeur, par crainte de ce qui s'y trouve enfoui ? Chaque famille conserve-t-elle de vieux journaux intimes d'une ancêtre qui ne les a pas brûlés ? Des lettres de grands-pères ou d'arrière-grands-pères partis à la guerre ? Des billets doux d'un fiancé ou d'une fiancée ? Quel fils, quelle fille, en vidant la maison de ses parents, n'a pas retrouvé leurs lettres d'amour ? Qu'en faire ? Les jeter ? Les conserver sans les lire ? Les ouvrir ? Chacun, chacune réagit avec sa sensibilité. Toutes les histoires sont différentes.

Ces correspondances appartiennent à la vie privée, pourtant elles sont aussi le témoignage d'un lieu, d'un temps. Elles disent l'intimité mais également les enjeux d'une époque historique, d'un milieu social, de préoccupations quotidiennes et politiques, économiques. Elles ont rarement des prétentions littéraires, cependant on n'écrit pas comme on parle. Les amoureux sont souvent inventifs, imaginent des tournures de phrases, des expressions personnelles pour dire leurs sentiments. À chaque fois, l'expérience de l'amour, si commune, devient singulière. La vie entière semble dépendre de quelques mots sur un bout de papier. Ces lettres d'amour qui dorment dans les greniers racontent l'amour mais aussi la guerre, la vie, la mort, le corps, l'érotisme, la religion, les rêves d'avenir. Elles ne sont pas des œuvres d'art, mais les témoins d'un parcours de vie, d'une espérance. Un moment d'existence. Chacun peut s'y reconnaître, elles émeuvent, attendrissent. En même temps, quoi de plus banal ? Que pourrait-on écrire que personne n'a écrit auparavant ? Malgré cette banalité, c'est un moment unique, irremplaçable. Quand l'amour vous arrive à vous, il ne ressemble à rien de connu. Chaque amoureux est persuadé que personne n'a jamais éprouvé la même chose que lui. Son amour à lui, à elle, est sans commune mesure avec ce qui a déjà été vécu. Cela n'arrive qu'une seule fois en mille ans, en dix mille ans.

Pourquoi personne ne parle-t-il de la correspondance amoureuse de ses parents ? Ne veut-on pas savoir que nos parents ont d'abord été tout simplement un homme et une femme, un jeune homme et une jeune fille au début de leur vie ? S'ils ne voulaient pas que nous découvrions leurs lettres, ne les auraient-ils pas détruites ? Si elles demeurent dans quelque lieu de la maison familiale, cela ne signifie-t-il pas qu'elles appartiennent à notre héritage ?

Longtemps j'ai tourné autour des trois boîtes contenant leur courrier, remettant à plus tard d'en prendre connaissance. Ensuite, quand je me suis mise à écrire mes associations à leur sujet, j'ai hésité à les reproduire telles quelles. J'ai choisi d'en donner des extraits plutôt que de les paraphraser. Ce sont les lettres de mes parents comme je les ai lues. Mon regard n'est pas celui d'une historienne de l'intime mais celui d'une fille qui poursuit son deuil.

Ma lecture m'a permis de passer du temps

en leur compagnie. Ce fut un long voyage au pays de l'enfance et de ce qui l'a précédée, tout à la fois éprouvant et émerveillé. Je vis comme une grande chance d'avoir pu recueillir ces *love letters* que chacun s'attend peut-être à trouver en vidant la maison de ses parents. Par l'imagination, grâce à cette littérature « de grenier », j'ai pu assister à ce qui est arrivé avant ma naissance et l'a préparée. C'est une expérience unique, modeste et précieuse.

Faire-part de mariage

La frontière m'est ouverte

À partir du 2 octobre 1949, la double correspondance reprend. Je peux à nouveau lire leurs lettres à l'un et l'autre. Je suis émue de retrouver l'écriture de mon père.

Les préparatifs du mariage commencent. Le consentement de l'oncle Jo est acquis. Mille tracasseries administratives. Les actes de naissance pour la publication des bans. Les faire-part. Les invités, la liste des cadeaux. La préparation du nid d'amour. Boris veille à tous les détails. Il envoie des photographies pour que sa « fiancée » puisse voir l'état des lieux. Chaque jour, il y apporte des améliorations. Ses dernières acquisitions sont une « merveilleuse lampe », un aspirateur *« terrific »* (en anglais dans le texte), « léger, puissant, facile, agréable », acheté à crédit, et deux oreillers.

Avant de quitter le sanatorium, Jacqueline a trouvé de jolis coquetiers de toutes les couleurs. Elle les achète en pensant au plaisir qu'en auront leurs futurs enfants, et avant cela, eux-mêmes, qui « sommes encore des gosses », précise-t-elle. Ces coquetiers multicolores ont égayé mon enfance ; je les ai retrouvés, pâlis par les ans.

Jacqueline quitte l'univers médical du sanatorium de Davos le 23 octobre 1949. Elle emmène avec elle cent vingt kilos de bagages. Dans le train entre Zurich et Bâle, elle écrit : « Je ne peux pas encore très bien réaliser que je roule vers Paris, la liberté et le bonheur. » Elle passe quelques jours dans la capitale chez une amie avant de rentrer à Tours chez sa mère. « J'ai été au consulat belge cet après-midi et, ô miracle, j'ai obtenu un visa pour deux mois, pour plusieurs voyages. N'est-ce pas merveilleux, chéri ? Maintenant, je ne suis plus qu'à quatre heures de chemin de fer de toi, puisque la frontière m'est ouverte. » Le 31 octobre, de Tours, elle frémit d'impatience : « Mon petit Boris chéri, mon Tout-au-monde, bientôt ce sera la réalité, cette réalité que nous avons rêvée depuis si longtemps. »

Boris lui répond qu'il a les larmes aux yeux d'émotion, qu'il ne peut encore croire à son bonheur après toutes ces années d'attente et de lutte contre la maladie. « Dans quelques semaines, un rêve encore incroyable il y a trois ans deviendra une réalité, qui sera alors un rêve merveilleux. »

À Tours, Jacqueline emprunte une machine à coudre pour confectionner une robe. Elle se réjouit d'en avoir une bientôt à elle. « Je ferai beaucoup de jolies choses pour Pieps, Paps et les petits Piepapsiens… ! »

Leur annonce de mariage a été publiée au « journal officiel des mariages », mais Boris se plaint qu'on a écorché son nom en « Felm, Boris ». La date choisie, pour la mairie, est le 1er décembre, « cela sonne bien ». Le mariage religieux aura lieu, à Anvers, trois jours plus tard.

Le 22 novembre 1949, Jacqueline écrit sa dernière lettre avant son arrivée :

Boris chéri, mon amour de Paps, rayonnement de ma vie,

Tu es si gentil, si bon avec moi, que je ne saurai jamais t'en remercier assez.

La dernière lettre de Boris avant le mariage date du même jour :

Ma toute petite femme chérie et adorée, mon ciel bleu, mon soleil éclatant, mon tout,

J'ai reçu de tante Trudel, la femme de Jo, les dernières recommandations. Si tu arrives seule, tu dois descendre à l'hôtel jusqu'à l'arrivée de ta maman. Je dois te dire au revoir en bas de l'hôtel et ne pas monter dans ta chambre ! Si tu arrives avec ta maman, vous irez dormir à l'appartement, avenue Louise, et j'irai dormir avec mon frère dans la famille. Et cela jusqu'au 4 décembre, c'est-à-dire dimanche. Quelles idées ! Je la croyais plus à la page. Le dîner de noces aura lieu au "Colisée" en face de l'Opéra…

Je t'aime encore beaucoup, beaucoup plus, plus, plus… infiniment,

Toujours à toi, ton
Boris.

Quinze jours plus tard, la jeune mariée repartait en Suisse, au sanatorium, pour une cure de quatre mois.

L'inconscient
ne connaît pas la mort

J'avais terminé de lire leurs lettres. J'avais aimé leur présence épistolaire. Elle m'avait accompagnée de longs mois, presque deux ans. J'aurais voulu poursuivre ce voyage de la mémoire, mais je devais les quitter. Toutes les enveloppes étaient à présent refermées, glissées dans leurs cartons. Il n'y avait plus rien de neuf à découvrir. J'en avais fait le tour. Leurs *love letters* étaient lues.

Leurs silhouettes de jeunes gens se mêlaient aux souvenirs de leurs derniers moments. Ils n'étaient plus seulement des parents, ils avaient eu une vie indépendante de moi à laquelle je n'avais pas participé. Étrange impression :

nos parents nous appartiennent et ne nous appartiennent pas. Nous les réinventons à notre guise, une fois disparus. Pas tout à fait. Certains faits résistent. Notre roman familial s'oppose, se mélange, recouvre l'histoire telle qu'elle a été vécue par nos géniteurs. D'ailleurs, nous reconnaîtrions-nous dans le miroir qu'ils nous tendraient ? Quelle est la véritable histoire, la leur, la nôtre ? Elle demeure un mystère, un canevas sur lequel il nous faut sans cesse revenir, une tapisserie à tisser et à détisser, à sculpter sans fin. Il n'y a pas de vérité dernière, seulement des images en mouvement, un film et non pas des photographies. Parfois, on fait un arrêt sur image, on cherche à capter ce qui demeurerait caché, un moment minuscule que l'on croit essentiel, que l'on veut éclaircir à tout prix. Comme sur le divan, un événement infime, un incident mineur, une inflexion de la voix, un sourcil qui se lève imperceptiblement nous requiert parfois des années durant. Notre psyché vient s'y blesser, raviver une douleur ancienne jamais apaisée.

Combien de fois n'avais-je pas évoqué la séparation d'avec ma mère qui avait suivi ma naissance ? Que pouvais-je en dire de neuf ? Est-ce que cela me consolait de savoir que *toutes* les mères ayant contracté la tuberculose étaient éloignées de leur nouveau-né ? Il m'était resté un vide, un manque, une césure que rien jamais ne pouvait combler. Je le sentais palpiter en moi comme un oiseau affolé. Je n'en démordais pas. J'y revenais comme à l'instant fondateur. Était-ce irréparable ou seulement un incident de parcours, un fait à dépasser ? Je cherchais à me consoler avec l'image de mon père, la tête penchée, les yeux brillants, le sourire tendre, me contemplant à travers la vitre de la maternité, derrière laquelle, bébé de trois, quatre semaines, je reposais dans les bras d'une jeune infirmière. Des années durant j'étais revenue sur ces premières semaines de ma vie, y cherchant les racines de ma douleur. Avais-je raison, avais-je tort ? Toute histoire n'est-elle pas reconstruction ? Toute mémoire n'est-elle pas, en partie au moins, transformation, imagination, espoir de cohérence ?

La vie, l'analyse, l'amour, l'amitié, le temps qui passe, la musique, la maladie, la disparition de ceux que l'on aime, la beauté d'un chat, de la neige, l'arabesque d'un bouquet de tulipes, le trésor des livres, le goût du thé… ont suturé les bords de la blessure. Petit à petit, les blessures se referment ; de l'extrémité du doigt, on peut en parcourir la cicatrice. À certains moments, on ne peut s'empêcher de l'agacer. On reprend de vieilles histoires, on retrouve des émotions vives, ce n'est plus un souvenir mais une reviviscence. Les périodes de deuil s'y prêtent. Tout est remis sur la table, avec violence.

Il faut tout recommencer. Reparcourir la mémoire en tous sens, éprouver à nouveau les émotions, les sensations oubliées. La tempête nous bouscule, nous sommes à vif. J'aurais aimé récrire mon enfance, la modeler à ma guise, transformer mes parents, essayer de nouvelles combinaisons, d'autres réactions, d'autres caractères, d'autres circonstances. Impossible. Il faut accepter cette histoire-là, cette généalogie, mes failles, les leurs, mes propres limites. L'inconscient est comme un jardin dont il est nécessaire de retourner régulièrement la terre, pour l'aérer, lui enlever les mauvaises herbes, la nourrir… Freud aimait citer la phrase de Voltaire dans *Candide*: il faut cultiver notre jardin. Le cultiver à chaque saison, chaque année. L'air de rien, il se métamorphose, les grandes lignes demeurent mais les couleurs se modifient, certains massifs s'épanouissent, d'autres s'effacent. Insensiblement, les perspectives se dessinent différemment, les points de vue changent. Nous portons au fur et à mesure que nous avançons dans notre vie, au fil des épreuves et des événements, un regard qui varie. La mémoire se réinvente sans cesse, nourrie du présent.

Mes parents sont morts, je ne m'y ferai sans doute jamais. La mort est proprement inimaginable. Par la force des choses, l'habitude s'en prend, mais le cœur ne s'y résout pas. C'est notre condition humaine de nous savoir mortels, dit-on. Sans doute, mais la mort des autres, celle de notre mère, de notre père, de ceux que nous chérissons, comment l'accepter totalement ? Est-ce pour cela que nous poursuivons avec eux un monologue intérieur, une conversation imaginaire, que nous inventons des temps d'évocation, de commémoration, des gestes, des rituels ?

À plusieurs reprises, depuis le décès de ma grand-mère maternelle, il y a vingt-cinq ans, j'ai rêvé que je prenais le thé avec elle, tous les cinq ans environ, le temps de lui raconter les dernières nouvelles, de la mettre au courant de ma vie récente. Tendre moment de confidences, de ressourcement. J'accepte sa disparition puisque j'ai encore rendez-vous avec elle. Ces brèves rencontres nocturnes, de loin en loin, me sont douces. Je n'ai besoin de rien de plus. Mon deuil est apaisé.

En sera-t-il de même avec mes parents ? Suffit-il de s'abandonner au temps, à sa capacité de cicatriser les plaies ? Parfois, dans la rue, j'aperçois de dos un homme aux cheveux blancs, pantalon beige en velours et veste en daim, je crois y reconnaître la silhouette de mon père. Et si c'était lui ? Instant d'hallucination plus réconfortante que cruelle. Et cette petite dame, élégamment habillée de bleu, n'est-ce pas ma mère ? Comme j'aimerais en levant le téléphone entendre leurs voix ou les voir arriver à l'improviste chez moi comme autrefois. J'efface les désaccords, les tensions, les rancœurs. Je ne garde que la nostalgie de la tendresse, les heures de complicité. Je me souviens très exactement d'un jour du printemps 2001, avant la mort de mon père. Je me disais, tout va bien, tout le monde est en bonne santé, ce ne sera pas toujours le cas, il faut profiter de ce moment privilégié de la vie. Il y avait du soleil, j'allais au cinéma avec ma fille. Mon compagnon serait là ce soir. Jouissons-nous assez du cours ordinaire des choses ? De ne pas souffrir des dents, par exemple ? De manger à sa faim, de ne pas être en prison, sous les bombes, de disposer de son corps, de ses idées ? D'avoir ses proches près de soi ? Je pense souvent que le bonheur, il faut le créer et savoir l'accueillir quand il est là. Ne pas en demander davantage, ne pas chercher à s'étourdir. Prendre ce qui est bon. Le chercher.

Je crois que mon père fut un homme heureux. Il était content avec ce qu'il avait, avec ce qu'il était. Sans doute avait-il regretté de n'être pas devenu ingénieur, mais il se fit une raison. Il apprit à aimer son métier et à bien le faire. Tout ce qu'il faisait, il le faisait bien. À la maison, je le voyais bricoler, réparer, améliorer. Que ce soit de la plomberie, de la peinture, du jardinage, il avait une patience d'ange, de l'intuition et un vrai savoir-faire. Il me donna toujours un coup de main, et davantage, que ce soit dans mon studio d'étudiante, mon premier appartement ou ma maison. C'était aussi un excellent pédagogue – il m'éclaira les mathématiques – et un merveilleux conteur. Pour ma chambre d'enfant, il construisit un très joli théâtre de marionnettes et une toise multicolore dont mes petits-enfants hériteront un jour. Il me rappelait volontiers qu'il avait commencé sa vie avec rien, deux valises disait-il, il se réjouissait d'avoir un toit et une famille. Il n'envia jamais le sort de personne. Il ne se plaignait jamais de rien, ne voulait dépendre de personne. Discret, pudique, presque toujours de bonne humeur, il avait acquis une forme de sagesse. Il possédait un humour très particulier, jouait volontiers avec les mots. Il adorait se promener dans les magasins, fasciné par toutes les innovations. Il découvrit avec enthousiasme les ordinateurs et l'internet ; les derniers mois de sa vie, il transmit son savoir tout neuf à plus néophyte que lui. Mais l'œuvre de sa vie fut son amour pour ma mère. J'en suis témoin, jusqu'à son dernier souffle, il la porta à bout de bras, il la soutint, l'entoura, chercha à lui plaire, à la chérir, à la gâter. Quand il disparut, je compris, au désarroi de ma mère, le vide qu'il laissait derrière lui. Il avait été tout pour elle, elle perdait tout avec lui. Quant à son tour elle allait mourir, elle proclama son désir de rejoindre son mari tant aimé. En mourant, elle pensait le retrouver. Dans la tombe, leur couple s'est reformé.

Ils ne sont plus là pour connaître mes joies et mes peines. En pensée, je les leur raconte. Déménagement, mariage, livres, anniversaires, voyages, les enfants qui grandissent, toutes les choses de la vie. Je fais les questions et les réponses. Je porte autour du cou l'œil égyptien qu'ils me rapportèrent du British Museum pour me consoler de celui que j'avais perdu. Parfois je pense qu'ils sont partis depuis trop longtemps déjà, qu'ils devraient revenir, comme on revient d'un voyage, d'une absence qui s'est prolongée. Je ne suis pas sûre que l'inconscient connaisse la mort, seulement la séparation. Qu'est-ce qu'être séparés pour toujours ? Qu'est-ce que toujours ? Faut-il toute une vie pour apprendre à vivre ? Peut-on être adulte et rester dans un coin de soi un tout petit enfant ?

Sommes-nous comme les arbres, gardant en leur cœur les traces circulaires de tous les âges passés ?

En sortant du cimetière après avoir enterré mon père, je vis un lapin courir à toute allure au travers de la route et rejoindre les champs. L'idée me vint, c'est mon père réincarné. Deux ans plus tard, après avoir dit adieu à ma mère, au bord de la tombe, alors que je m'éloignais lentement, je vis deux lapins s'enfuir au grand galop.

Table

L'auteur

Lydia Flem est écrivain, psychanalyste et photographe. Elle est l'auteur d'une douzaine de livres. Ses essais sur Freud ou Casanova, sa trilogie familiale sont traduits en plus de quinze langues. Membre de l'Académie royale de Belgique, son dernier roman, *La Reine Alice*, a reçu le prix Pierre Simon de l'Éthique et le prix Rossel des jeunes.

Lydia Flem a publié :

La Vie quotidienne de Freud et de ses patients, Hachette, 1986.

au Seuil, dans la collection « La Librairie du XXIe siècle » :

L'Homme Freud, 1991.
Casanova ou l'exercice du bonheur, 1995.
La Voix des amants, 2002.
Comment j'ai vidé la maison de mes parents, 2004.
Panique, 2005 (prix de l'Académie royale de Belgique).

Lettres d'amour en héritage, 2006.
Comment je me suis séparée de ma fille et de mon quasi-fils, 2009.
La Reine Alice, 2011 (prix Pierre Simon de l'Éthique, prix Rossel des jeunes).
Discours de réception de Lydia Flem à l'Académie royale de Belgique, 2011.

au Seuil, dans la collection « Points Essais » :

L'Homme Freud. Une biographie intellectuelle.
Casanova, l'homme qui aimait vraiment les femmes.

au Seuil, dans la collection « Points » :

Comment j'ai vidé la maison de mes parents.
Lettres d'amour en héritage.

Son site : http://lyflol.blog.lemonde.fr/

RÉALISATION : PAO ÉDITIONS DU SEUIL
IMPRESSION : CPI BRODARD ET TAUPIN À LA FLÈCHE
DÉPÔT LÉGAL : MARS 2013. N° 110896 (72047)
Imprimé en France

La Librairie du XXIᵉ siècle

Sylviane Agacinski, *Le Passeur de temps. Modernité et nostalgie.*
Sylviane Agacinski, *Métaphysique des sexes. Masculin/féminin aux sources du christianisme.*
Sylviane Agacinski, *Drame des sexes. Ibsen, Strindberg, Bergman.*
Sylviane Agacinski, *Femmes entre sexe et genre.*
Giorgio Agamben, *La Communauté qui vient. Théorie de la singularité quelconque.*
Henri Atlan, *Tout, non, peut-être. Éducation et vérité.*
Henri Atlan, *Les Étincelles de hasard I. Connaissance spermatique.*
Henri Atlan, *Les Étincelles de hasard II. Athéisme de l'Écriture.*
Henri Atlan, *L'Utérus artificiel.*
Henri Atlan, *L'Organisation biologique et la Théorie de l'information.*
Henri Atlan, *De la fraude. Le monde de l'*onaa.
Marc Augé, *Domaines et Châteaux.*
Marc Augé, *Non-lieux. Introduction à une anthropologie de la surmodernité.*
Marc Augé, *La Guerre des rêves. Exercices d'ethno-fiction.*
Marc Augé, *Casablanca.*
Marc Augé, *Le Métro revisité.*
Marc Augé, *Quelqu'un cherche à vous retrouver.*
Marc Augé, *Journal d'un SDF. Ethnofiction.*
Jean-Christophe Bailly, *Le Propre du langage. Voyages au pays des noms communs.*
Jean-Christophe Bailly, *Le Champ mimétique.*
Marcel Bénabou, *Jacob, Ménahem et Mimoun. Une épopée familiale.*
Marcel Bénabou, *Pourquoi je n'ai écrit aucun de mes livres.*

Julien Blanc, *Au commencement de la Résistance. Du côté du musée de l'Homme 1940-1941.*
R. Howard Bloch, *Le Plagiaire de Dieu. La fabuleuse industrie de l'abbé Migne.*
Remo Bodei, *La Sensation de déjà vu.*
Ginevra Bompiani, *Le Portrait de Sarah Malcolm.*
Julien Bonhomme, *Les Voleurs de sexe. Anthropologie d'une rumeur africaine.*
Yves Bonnefoy, *Lieux et Destins de l'image. Un cours de poétique au Collège de France (1981-1993).*
Yves Bonnefoy, *L'Imaginaire métaphysique.*
Yves Bonnefoy, *Notre besoin de Rimbaud.*
Yves Bonnefoy, *L'Autre Langue à portée de voix.*
Philippe Borgeaud, *La Mère des Dieux. De Cybèle à la Vierge Marie.*
Philippe Borgeaud, *Aux origines de l'histoire des religions.*
Jorge Luis Borges, *Cours de littérature anglaise.*
Italo Calvino, *Pourquoi lire les classiques.*
Italo Calvino, *La Machine littérature.*
Paul Celan et Gisèle Celan-Lestrange, *Correspondance.*
Paul Celan, *Le Méridien & autres proses.*
Paul Celan, *Renverse du souffle.*
Paul Celan et Ilana Shmueli, *Correspondance.*
Paul Celan, *Partie de neige.*
Paul Celan et Ingeborg Bachmann, *Le Temps du cœur. Correspondance.*
Michel Chodkiewicz, *Un océan sans rivage. Ibn Arabî, le Livre et la Loi.*
Antoine Compagnon, *Chat en poche. Montaigne et l'allégorie.*
Hubert Damisch, *Un souvenir d'enfance par Piero della Francesca.*
Hubert Damisch, *CINÉ FIL.*
Hubert Damisch, *Le Messager des îles.*
Luc Dardenne, *Au dos de nos images*, suivi de *Le Fils* et *L'Enfant*, par Jean-Pierre et Luc Dardenne.
Luc Dardenne, *Sur l'affaire humaine.*
Michel Deguy, *À ce qui n'en finit pas.*
Daniele Del Giudice, *Quand l'ombre se détache du sol.*
Daniele Del Giudice, *L'Oreille absolue.*
Daniele Del Giudice, *Dans le musée de Reims.*
Daniele Del Giudice, *Horizon mobile.*

Daniele Del Giudice, *Marchands de temps.*
Mireille Delmas-Marty, *Pour un droit commun.*
Marcel Detienne, *Comparer l'incomparable.*
Marcel Detienne, *Comment être autochtone. Du pur Athénien au Français raciné.*
Milad Doueihi, *Histoire perverse du cœur humain.*
Milad Doueihi, *Le Paradis terrestre. Mythes et philosophies.*
Milad Doueihi, *La Grande Conversion numérique.*
Milad Doueihi, *Solitude de l'incomparable. Augustin et Spinoza.*
Milad Doueihi, *Pour un humanisme numérique.*
Jean-Pierre Dozon, *La Cause des prophètes. Politique et religion en Afrique contemporaine*, suivi de *La Leçon des prophètes* par Marc Augé.
Pascal Dusapin, *Une musique en train de se faire.*
Norbert Elias, *Mozart. Sociologie d'un génie.*
Rachel Ertel, *Dans la langue de personne. Poésie yiddish de l'anéantissement.*
Arlette Farge, *Le Goût de l'archive.*
Arlette Farge, *Dire et mal dire. L'opinion publique au* XVIIIe *siècle.*
Arlette Farge, *Le Cours ordinaire des choses dans la cité au* XVIIIe *siècle.*
Arlette Farge, *Des lieux pour l'histoire.*
Arlette Farge, *La Nuit blanche.*
Alain Fleischer, *L'Accent, une langue fantôme.*
Alain Fleischer, *Le Carnet d'adresses.*
Alain Fleischer, *Réponse du muet au parlant. En retour à Jean-Luc Godard.*
Alain Fleischer, *Sous la dictée des choses.*
Lydia Flem, *L'Homme Freud.*
Lydia Flem, *Casanova ou l'Exercice du bonheur.*
Lydia Flem, *La Voix des amants.*
Lydia Flem, *Comment j'ai vidé la maison de mes parents.*
Lydia Flem, *Panique.*
Lydia Flem, *Lettres d'amour en héritage.*
Lydia Flem, *Comment je me suis séparée de ma fille et de mon quasi-fils.*
Lydia Flem, *La Reine Alice.*
Lydia Flem, *Discours de réception à l'Académie royale de Belgique, accueillie par Jacques De Decker, secrétaire perpétuel.*
Nadine Fresco, *Fabrication d'un antisémite.*
Nadine Fresco, *La mort des juifs.*
Françoise Frontisi-Ducroux, *Ouvrages de dames. Ariane, Hélène, Pénélope…*

Marcel Gauchet, *L'Inconscient cérébral.*
Jack Goody, *La Culture des fleurs.*
Jack Goody, *L'Orient en Occident.*
Anthony Grafton, *Les Origines tragiques de l'érudition. Une histoire de la note en bas de page.*
Jean-Claude Grumberg, *Mon père. Inventaire*, suivi de *Une leçon de savoir-vivre.*
Jean-Claude Grumberg, *Pleurnichard.*
François Hartog, *Régimes d'historicité. Présentisme et expériences du temps.*
Daniel Heller-Roazen, *Écholalies. Essai sur l'oubli des langues.*
Daniel Heller-Roazen, *L'Ennemi de tous. Le pirate contre les nations.*
Daniel Heller-Roazen, *Une archéologie du toucher.*
Ivan Jablonka, *Histoire des grands-parents que je n'ai pas eus. Une enquête.*
Jean Kellens, *La Quatrième Naissance de Zarathushtra. Zoroastre dans l'imaginaire occidental.*
Jacques Le Brun, *Le Pur Amour de Platon à Lacan.*
Jean Levi, *Les Fonctionnaires divins. Politique, despotisme et mystique en Chine ancienne.*
Jean Levi, *La Chine romanesque. Fictions d'Orient et d'Occident.*
Claude Lévi-Strauss, *L'Anthropologie face aux problèmes du monde moderne.*
Claude Lévi-Strauss, *L'Autre Face de la lune. Écrits sur le Japon.*
Claude Lévi-Strauss, *Nous sommes tous des cannibales.*
Nicole Loraux, *Les Mères en deuil.*
Nicole Loraux, *Né de la Terre. Mythe et politique à Athènes.*
Nicole Loraux, *La Tragédie d'Athènes. La politique entre l'ombre et l'utopie.*
Patrice Loraux, *Le Tempo de la pensée.*
Sabina Loriga, *Le Petit x. De la biographie à l'histoire.*
Charles Malamoud, *Le Jumeau solaire.*
Charles Malamoud, *La Danse des pierres. Études sur la scène sacrificielle dans l'Inde ancienne.*
François Maspero, *Des saisons au bord de la mer.*
Marie Moscovici, *L'Ombre de l'objet. Sur l'inactualité de la psychanalyse.*
Michel Pastoureau, *L'Étoffe du diable. Une histoire des rayures et des tissus rayés.*
Michel Pastoureau, *Une histoire symbolique du Moyen Âge occidental.*
Michel Pastoureau, *L'Ours. Histoire d'un roi déchu.*

Michel Pastoureau, *Les Couleurs de nos souvenirs.*
Vincent Peillon, *Une religion pour la République. La foi laïque de Ferdinand Buisson.*
Vincent Peillon, *Éloge du politique. Une introduction au XXIe siècle.*
Georges Perec, *L'infra-ordinaire.*
Georges Perec, *Vœux.*
Georges Perec, *Je suis né.*
Georges Perec, *Cantatrix sopranica L. et autres écrits scientifiques.*
Georges Perec, *L. G. Une aventure des années soixante.*
Georges Perec, *Le Voyage d'hiver.*
Georges Perec, *Un cabinet d'amateur.*
Georges Perec, *Beaux présents, belles absentes.*
Georges Perec, *Penser/Classer.*
Georges Perec, *Le Condottière.*
Michelle Perrot, *Histoire de chambres.*
J.-B. Pontalis, *La Force d'attraction.*
Jean Pouillon, *Le Cru et le Su.*
Jérôme Prieur, *Roman noir.*
Jérôme Prieur, *Rendez-vous dans une autre vie.*
Jacques Rancière, *Courts Voyages au pays du peuple.*
Jacques Rancière, *Les Noms de l'histoire. Essai de poétique du savoir.*
Jacques Rancière, *La Fable cinématographique.*
Jacques Rancière, *Chroniques des temps consensuels.*
Jean-Michel Rey, *Paul Valéry. L'aventure d'une œuvre.*
Jacqueline Risset, *Puissances du sommeil.*
Denis Roche, *Dans la maison du Sphinx. Essais sur la matière littéraire.*
Olivier Rolin, *Suite à l'hôtel Crystal.*
Olivier Rolin & Cie, *Rooms.*
Charles Rosen, *Aux confins du sens. Propos sur la musique.*
Israel Rosenfield, *« La Mégalomanie » de Freud.*
Pierre Rosenstiehl, *Le Labyrinthe des jours ordinaires.*
Jean-Frédéric Schaub, *Oroonoko, prince et esclave. Roman colonial de l'incertitude.*
Francis Schmidt, *La Pensée du Temple. De Jérusalem à Qoumrân.*
Jean-Claude Schmitt, *La Conversion d'Hermann le Juif. Autobiographie, histoire et fiction.*
Michel Schneider, *La Tombée du jour. Schumann.*

Michel Schneider, *Baudelaire. Les années profondes.*

David Shulman, Velcheru Narayana Rao et Sanjay Subrahmanyam, *Textures du temps. Écrire l'histoire en Inde.*

David Shulman, *Ta'ayush. Journal d'un combat pour la paix. Israël Palestine, 2002-2005.*

Jean Starobinski, *Action et Réaction. Vie et aventures d'un couple.*

Jean Starobinski, *Les Enchanteresses.*

Jean Starobinski, *L'Encre de la mélancolie.*

Anne-Lise Stern, *Le Savoir-déporté. Camps, histoire, psychanalyse.*

Antonio Tabucchi, *Les Trois Derniers Jours de Fernando Pessoa. Un délire.*

Antonio Tabucchi, *La Nostalgie, l'Automobile et l'Infini. Lectures de Pessoa.*

Antonio Tabucchi, *Autobiographies d'autrui. Poétiques a posteriori.*

Emmanuel Terray, *La Politique dans la caverne.*

Emmanuel Terray, *Une passion allemande. Luther, Kant, Schiller, Hölderlin, Kleist.*

Camille de Toledo, *Le Hêtre et le bouleau. Essai sur la tristesse européenne,* suivi de *L'Utopie linguistique ou la pédagogie du vertige.*

Camille de Toledo, *Vies pøtentielles.*

César Vallejo, *Poèmes humains* et *Espagne, écarte de moi ce calice.*

Jean-Pierre Vernant, *Mythe et Religion en Grèce ancienne.*

Jean-Pierre Vernant, *Entre mythe et politique.*

Jean-Pierre Vernant, *L'Univers, les Dieux, les Hommes. Récits grecs des origines.*

Jean-Pierre Vernant, *La Traversée des frontières. Entre mythe et politique II.*

Nathan Wachtel, *Dieux et Vampires. Retour à Chipaya.*

Nathan Wachtel, *La Foi du souvenir. Labyrinthes marranes.*

Nathan Wachtel, *La Logique des bûchers.*

Nathan Wachtel, *Mémoires marranes. Itinéraires dans le* sertão *du Nordeste brésilien.*

Catherine Weinberger-Thomas, *Cendres d'immortalité. La crémation des veuves en Inde.*

Natalie Zemon Davis, *Juive, Catholique, Protestante. Trois femmes en marge au XVIIe siècle.*